El Bandido Saltodemata

Si tienes un club de lectura o quieres organizar uno, en nuestra web encontrarás guías de lectura de algunos de nuestros libros. **www.maeva.es/guias-lectura**

Este libro se ha elaborado con papel procedente de bosques gestionados de forma sostenible y de fuentes controladas, certificado por el sello de FSC (Forest Stewardship Council), una prestigiosa asociación internacional sin ánimo de lucro, avalada por WWF/ADENA, GREENPEACE y otros grupos conservacionistas. Código de licencia: FSC-C007782. www.fsc.org

MAEVA desea contribuir al esfuerzo colectivo y permanente de proteger y preservar el medio ambiente y nuestros bosques con el compromiso de producir nuestros libros con materiales responsables.

Otfried Preußler

El Bandido Saltodemata

Un cuento de títeres

Traducción:
MARINELLA TERZI

Título original:
DER RÄUBER HOTZENPLOTZ

Ilustración de cubierta:
F. J. TRIPP, coloreada por MATHIAS WEBER

 La traducción de este libro ha recibido una ayuda del
GOETHE Goethe Institut, organismo fundado por el Ministerio
INSTITUT Alemán de Asuntos Exteriores.

© Thienemann inder Thienemann-Esslinger GmbH, Stuttgart, 1962
© ilustraciones: F. J. TRIPP, coloreadas por MATHIAS WEBER
© de la traducción: MARINELLA TERZI, 2017
© MAEVA EDICIONES, 2017
   Benito Castro, 6
   28028 MADRID
   emaeva@maeva.es
   www.maevayoung.es

ISBN: 978-84-16690-45-9
Depósito legal: M-114-2017

Maquetación y adaptación de cubierta: Gráficas 4, S.A.
Impresión y encuadernación: Huertas, S.A.
Impreso en España / Printed in Spain

Dedico este libro a mis tres hijas

RENATE

REGINE

SUSANNE

*y a todos los niños que disfrutan con las historias
protagonizadas por títeres*

El hombre de los siete cuchillos

Un día la abuela de Kasperle estaba sentada en un banco frente a su casa, al sol, moliendo café. Y es que Kasperle y su amigo Pepín le habían regalado un molinillo nuevo por su cumpleaños. Lo habían hecho ellos mismos y, cuando se le daba vueltas a la manivela, sonaba la musiquilla de «Mayo renueva la Tierra», que era la canción preferida de la abuela.

Desde que la abuela tenía el molinillo nuevo, hacer café le gustaba tanto que tomaba el doble que antes.

De hecho, ese día ya lo había llenado por segunda vez, y tenía intención de seguir moliendo cuando se oyeron unos murmullos y unos chasquidos entre los arbustos del jardín y una voz brusca bramó:

—¡Deme ese cacharro!

La abuela levantó la vista sorprendida y se apresuró a ponerse los binóculos.

Frente a ella estaba un hombre desconocido que tenía una espesa barba negra y una horrenda nariz ganchuda. Llevaba un sombrero de fieltro con una pluma torcida y una pistola en la mano derecha. Con la izquierda señalaba el molinillo de la abuela.

–¡Que me lo dé, le digo!

Pero la abuela no se dejó amedrentar.

–¡Permítame! –dijo, indignada–. ¿Cómo ha entrado usted aquí? ¿Y cómo se le ocurre gritarme así? ¿Quién es usted?

El extraño se rio tanto que la pluma de su sombrero tembló.

–¿No lee usted el periódico, abuela? ¡Piense, piense!

Solo entonces la abuela se dio cuenta de que el hombre llevaba en el ancho cinturón de cuero un sable y siete cuchillos. Se puso pálida y preguntó con voz temerosa:

–¿No será usted... el bandido Saltodemata?

–¡El mismo! –dijo el hombre de los siete cuchillos–. No me monte numeritos, no me gusta. ¡Y deme ese molinillo de inmediato!

–¡Pero si no le pertenece!

–¡Paparruchas! –gritó el bandido Saltodemata–. ¡Haga lo que le digo! Contaré hasta tres...

Y levantó la pistola.

–¡No, por favor! –exclamó la abuela–. ¡No me puede quitar el molinillo! Me lo han regalado por mi cumpleaños. Si le doy vueltas a la manivela, suena mi canción preferida.

–¡Por eso! –gruñó el bandido Saltodemata–. Yo también quiero tener un molinillo de café que toque una canción cuando gire la manivela. ¡Démelo de una vez!

Entonces, la abuela soltó un largo suspiro y se lo entregó. ¿Qué otra cosa podía hacer?

Todos los días salía en el periódico lo malvado que era el tal Saltodemata. Toda la gente le tenía auténtico pavor, incluso el sargento Matamicrobios, y eso que él era miembro de la Policía.

Con un gruñido de alegría, Saltodemata metió el molinillo de la abuela en su bolsa. Luego guiñó el ojo izquierdo, miró a la abuela fijamente con el derecho y dijo:

—Bueno... ¡Y ahora preste atención! Va a quedarse sentadita en el banco, sin moverse ni una pizca. Mientras, contará hasta novecientos noventa y nueve.

—¿Por qué? —preguntó la abuela.

—¡Por lo siguiente! —respondió Saltodemata—. Cuando haya contado hasta novecientos noventa y nueve, podrá pedir ayuda si así lo desea. ¡Pero ni un segundo antes, ya le digo! De otro modo, ¡no sabe la que le espera! ¿Comprendido?

—Comprendido —susurró la abuela.

—¡Y no trate de engañarme!

A modo de despedida, el bandido Saltodemata le puso por última vez la pistola debajo de la nariz a la abuela. Luego saltó por encima de la valla del jardín y desapareció.

La abuela de Kasperle se quedó sentada en el banco. Estaba blanca como la leche y temblaba. El bandido se había evaporado, y también el molinillo.

Pasó un buen rato hasta que pudo comenzar a contar.

Contó, obediente, hasta novecientos noventa y nueve.

Uno, dos, tres, cuatro... No demasiado deprisa, no demasiado despacio.

Pero con los nervios se equivocaba tanto que tuvo que volver al principio por lo menos una docena de veces.

Cuando por fin llegó al número novecientos noventa y nueve, pegó un estridente grito de socorro.

Y luego se desmayó.

A la Policía se le puede ayudar

Kasperle y su amigo Pepín habían ido a la panadería para comprar un paquete de harina, una pizca de levadura y un kilo de azúcar. Ahora pensaban ir a la lechería para comprar nata. Al día siguiente era domingo, y los domingos la abuela hacía tarta de ciruelas con nata. Kasperle y Pepín se pasaban toda la semana emocionados pensando en la tarta.

–¿Sabes? –dijo Kasperle–. ¡Quisiera ser el emperador de Constantinopla!

–¿Y eso? –preguntó Pepín.

–¡Porque entonces podría comer tarta de ciruelas con nata todos los días!

–¿El emperador de Constantinopla come tarta de ciruelas con nata todos los días?

Kasperle se encogió de hombros.

–No lo sé. Pero yo, si fuera emperador de Constantinopla, ¡lo haría seguro!

–¡Yo también! –suspiró Pepín.

–¿Tú también? –preguntó Kasperle–. ¡Me temo que eso no puede ser!

–¿Por qué no?

–¡Porque solo hay un emperador de Constantinopla, y no dos! Y si el emperador de Constantinopla soy yo, no puedes ser tú también emperador de Constantinopla. ¡Tienes que reconocerlo!

–Mmm... –musitó Pepín–. Entonces tendríamos que turnarnos. Una semana tú... y una semana yo.

–¡No es mala idea! –opinó Kasperle–. ¡No es mala idea!

Pero de pronto oyeron que alguien pedía socorro en la lejanía.

–¡Escucha! –dijo Pepín asustado–. ¿No es la voz de la abuela?

–¡Sí, era la abuela! –respondió Kasperle–. ¿Qué puede haber pasado?

–No sé... ¿Quizá una desgracia?

–¡Rápido, vamos a ver!

Kasperle y Pepín dieron media vuelta y corrieron a casa. En la puerta del jardín de la abuela casi se chocan con el sargento Matamicrobios. También él llegaba corriendo porque había oído que alguien pedía ayuda.

–¿No podéis prestar más atención? –les riñó–. Estáis entorpeciendo el ejercicio de mis obligaciones, ¡y os puedo castigar por ello!

El sargento Matamicrobios siguió a Kasperle y a Pepín a grandes zancadas. Encontraron a la abuela tumbada en la hierba, delante del banco. Estaba más tiesa que un palo.

–¿Es grave? –preguntó Pepín tapándose los ojos con las dos manos.

–No –dijo Kasperle–. Creo que solo se ha desmayado.

Llevaron con cuidado a la abuela al cuarto de estar y la tumbaron encima del sofá.

Kasperle le roció la cara y las manos con agua fría, y entonces ella se despertó.

–¡No os vais a creer lo que ha ocurrido! –dijo la abuela.

–¿El qué? –preguntaron Kasperle y Pepín.

–¡Me han robado!

–¡Qué cosas tiene! –dijo el sargento Matamicrobios–. ¿Dice que le han robado? ¿Quién?

–¡El bandido Saltodemata!

–¡Un momento, tengo que tomar declaración! –El sargento sacó un lápiz con rapidez y abrió su cuadernillo–. ¡Abuela, explíquemelo todo en orden! Pero aténgase a la verdad y hable con claridad y sin prisas, que tengo que transcribir cada palabra. Y vosotros dos –añadió, dirigiéndose a Kasperle y Pepín– permaneceréis en silencio como dos ratoncillos hasta que terminemos con la declaración. Se trata de un asunto oficial. ¿Está claro?

La abuela contó todo lo que tenía que contar mientras el sargento Matamicrobios lo iba escribiendo en el cuadernillo con expresión seria.

–¿Recuperaré mi flamante molinillo? –preguntó la abuela cuando el hombre terminó por fin de escribir y cerró su cuaderno.

–Por supuesto –dijo el sargento.

–¿Y cuánto puede tardar?

–Bueno... Es difícil de precisar. Primero tenemos que atrapar al bandido Saltodemata. Para empezar, por desgracia, ni siquiera sabemos dónde está su guarida. Es un tipo muy astuto. Hace dos años y medio que trae a la Policía de cabeza. ¡Pero llegará el día en que le cortemos las alas! Confiamos plenamente en la valiosa colaboración de la población.

–En la valiosa ¿qué? –preguntó Kasperle.

El sargento Matamicrobios lo miró de malos modos.

–¡Creo que eres algo duro de oído, Kasperle! He dicho que ¡confiamos plenamente en la valiosa co-la-bo-ra-ción de la po-bla-ción!

–¿Y eso qué significa?

–¡Significa que la gente tiene que ayudarnos a encontrar el rastro de ese hombre!

–¡Ajá! –dijo Kasperle–. ¿Y también ayudaría a la Policía que alguien atrapara a ese tipo?

–Eso sería, sin duda, lo mejor –aseguró el sargento Matamicrobios tocándose el bigote–. Pero ¿quién crees que se atrevería a hacer algo tan peligroso como eso?

–¡Nosotros dos! –exclamó Kasperle–. ¡Pepín y yo! ¿Te apuntas, Pepín?

–¡Por supuesto! –dijo Pepín–. Hay que ayudar a la Policía. ¡Nosotros atraparemos al bandido Saltodemata!

Pero los bandidos no se dejan atrapar así como así.

¡Atención, oro!

La abuela estaba un poco preocupada, pero Kasperle y Pepín se mantuvieron firmes en su decisión. Querían atrapar al bandido Saltodemata para que así la abuela pudiera recuperar su molinillo. Lástima que no supieran dónde tenía Saltodemata su escondite.

–¡Ya lo averiguaremos! –dijo Kasperle y, después de estrujarse el cerebro hasta el domingo por la tarde, de pronto empezó a reírse a carcajadas.

–¿Por qué te ríes? –preguntó Pepín.

–¡Porque ya sé lo que tenemos que hacer!

–¿Y qué es?

–Enseguida lo verás.

Kasperle y Pepín bajaron al sótano de la abuela en busca de la vieja caja de patatas. La llevaron al jardín, y luego la llenaron con fina arena blanca.

–¿Y ahora?

–¡La tapamos!

Colocaron la tapa sobre la caja, y Kasperle fue a buscar una docena de clavos y un martillo.

–Venga, ¡clávala, Pepín! ¡Tan fuerte como puedas!

Pepín asintió y se puso manos a la obra. Con el primer martillazo se aplastó un pulgar. ¡Maldición, qué dolor! Pero apretó los dientes y continuó clavando con valentía, como si fuera un clavador de tapas de cajas de patatas cualificado.

Entretanto, Kasperle fue al granero a buscar el pincel grueso y removió la pintura roja que había en un bote. Cuando regresó con el bote y el pincel, Pepín acababa de machacarse el pulgar por quincuagésima séptima vez y la tapa estaba clavada.

–Bueno..., ¡ahora déjame a mí! –dijo Kasperle.

Sumergió el pincel en la pintura roja y, para el infinito asombro de Pepín, escribió sobre la caja de patatas con letras grandes y brillantes:

¡¡Atención, oro!!

¿Qué significaba aquello? Pepín se estrujaba la cabeza, pero no lograba averiguarlo.

–¿Sabes? –dijo Kasperle–. En vez de estar aquí embobado chupándote el pulgar, ¡podrías sacar el carro de mano del cobertizo!

Pepín corrió al cobertizo y trajo el carro. Luego ayudó a Kasperle a poner la caja sobre él. No era tarea fácil; ambos sudaban y jadeaban como dos hipopótamos.

–¡Uf! –gimió Pepín–. ¡Y en domingo!

No era suficiente que la abuela no les hubiera dado tarta de ciruelas con nata (estaba tan triste por el robo del molinillo que no fue capaz de cocinar): ¡ahora, encima, tenían que trabajar de lo lindo!

Pero acabaron lográndolo.

–¿Y ahora? –preguntó Pepín.

–¡Ahora viene lo más importante!

Kasperle sacó una barrena del bolsillo de su pantalón e hizo un pequeño agujero en el fondo de la caja. Cuando quitó la barrena, cayó arena.

—Eso es —dijo Kasperle contento—. ¡Lo tenemos!

A continuación afiló una cerilla con su navaja y la metió en el agujero recién hecho para taparlo de nuevo.

Pepín lo miraba sacudiendo la cabeza.

—Perdona —dijo—, pero ¡no te sigo!

—¿No? —dijo Kasperle, y se echó a reír—. ¡Pues es muy sencillo! Mañana temprano iremos con el carro y la caja al bosque. Allí estará Saltodemata al acecho. Cuando nos vea llegar, leerá el letrero de nuestra caja y pensará que dentro hay oro.

—Ajá —dijo Pepín—. ¿Y entonces?

—Entonces querrá quedarse con la caja. Nosotros nos dejaremos asaltar y saldremos corriendo. Saltodemata se llevará la caja y cargará con ella hasta... ¿Hasta dónde, Pepín?

–¿Cómo voy a saberlo, Kasperle? ¡Yo no soy el bandido Saltodemata!

–¡Pero si es muy fácil de averiguar, Pepín! La cargará hasta su casa, a su escondrijo. Pero, por el camino, la arena se irá saliendo por el agujero. Y en el suelo del bosque se formará un fino rastro de arena. Si queremos saber dónde tiene su guarida, no tenemos más que seguir ese rastro. Este nos llevará hasta allí. ¿Qué te parece?

–¡Es genial! –dijo Pepín–. ¡Eso haremos! Pero no olvides quitar la cerilla de la caja antes de que salgamos corriendo.

–¡No te preocupes! –gritó Kasperle–. Puedes confiar en mí, ¡me acordaré!

Y se hizo un nudo enorme en el pañuelo.

Porque los nudos en los pañuelos siempre han sido de mucha utilidad.

La mala pata de un artista

El bandido Saltodemata se tomaba su trabajo muy en serio. En verano se levantaba todos los días a las seis de la mañana y salía de su guarida a las siete y media como muy tarde, rumbo al trabajo. Ese día ya llevaba desde las ocho de la mañana escondido detrás de una mata de retama en la linde del bosque, observando el camino con su anteojo. Pero ya eran las nueve y media y aún no había obtenido ningún botín.

–¡Malos tiempos! –refunfuñó–. Si las cosas siguen así, tendré que buscarme otro trabajo. Robar no da para mucho, ¡y además es agotador!

Iba a aspirar un poco de rapé –algo que en horas de trabajo hacía rara vez– cuando oyó el traqueteo de un carro por el camino.

«¡Bien! –pensó Saltodemata–. Puede que no haya estado perdiendo el tiempo después de todo.» Y en vez de sacar el tabaco, empuñó de nuevo el anteojo.

Por el camino aparecieron dos tipos con un carro de mano. Portaban una caja enorme que parecía pesar mucho. Ambos tiraban del carro con mucho esfuerzo.

Uno de ellos era ese tal Kasperle, se le reconocía de lejos por su gorro de lana.

¿Y el otro?

Bueno, si uno de ellos era Kasperle, el otro solo podía ser su amigo Pepín: eso lo sabía hasta el bandido Saltodemata.

«¡Cómo me gustaría saber lo que hay dentro de esa caja!», pensó.

25

Pero, un momento, ¿no llevaba un letrero? ¿Qué decían esas brillantes letras rojas?

–«¡Atención, oro!» –leyó el bandido Saltodemata; y tuvo que leerlo una segunda vez y una tercera, antes de estar seguro de no haberse confundido.

No, no se había confundido. ¡Por fin la suerte le sonreía de nuevo! Tal vez no debería cambiar de trabajo todavía...

Desenfundó la pistola con rapidez y la cargó. Dejó que Kasperle y Pepín se acercaran con su carro, hasta que estuvieron a apenas unos pasos. Entonces dio un salto enorme y se plantó en medio del camino.

–¡Manos arriba! –gritó–. ¡O disparo!

No le sorprendió ni un poquito que Kasperle y Pepín echaran a correr de inmediato.

–¡Huid, héroes! –les gritó–. ¡Lo importante es que no os llevéis la caja! ¡Jo-jo-jo-jooo!

Estallando en estruendosas carcajadas, enfundó la pistola y empezó a olisquear la caja desde todos los ángulos.

–Mmm... Tiene la tapa clavada... ¡Claro, está llena de oro! ¿La abro y miro dentro? Mejor no... ¡Tengo que irme de aquí cuanto antes! Lo más probable es que Kasperle y Pepín hayan ido a avisar a la Policía. ¡No es que tenga miedo de la Policía! Pero la seguridad es la seguridad...

Saltodemata se cargó la pesada caja a la espalda. No podría usar el carro por el bosque, de modo que le pegó una patada y lo tiró a la cuneta. Resoplando y jadeando, acarreó su botín por la espesura hasta su cueva.

Tenía tanta prisa por llegar a casa que no notó que la caja pesaba cada vez menos. Y es que Kasperle se había acordado en el último momento de quitar la cerilla y la arena blanca caía sin parar por el agujero del fondo, formando un rastro muy fino detrás del bandido Saltodemata.

Una vez en su hogar, Saltodemata colocó la carga sobre la mesa. Después de atrancar la entrada de la cueva por dentro, sacó martillo y tenazas del cajón donde guardaba las herramientas y empezó a abrir la caja. Como era un bandido muy experimentado que conocía su oficio a conciencia, no tardó mucho en quitar la tapa.

Luego se inclinó sobre la caja y miró en su interior.

Y se quedó helado.

¿Había manera de entender aquello? ¡En la caja no había más que un montoncito de arena! ¡Arena blanca, fina, normal y corriente!

–¡Ja! –gritó el bandido, enfadado–. ¡Me han engañado! ¡Me han tomado por tonto de remate!

Dicho esto, desenvainó el sable con las dos manos, se abalanzó sobre la pobre caja de patatas y la tomó con ella. Luego la emprendió con la mesa de madera de roble, que también quedó hecha astillas. Después corrió a la puerta, porque necesitaba aire fresco para respirar.

Pero ¿qué era eso?

Había un rastro de arena en el suelo... Venía de la espesura ¡y conducía justo a su guarida!

Saltodemata no habría sido un bandido tan astuto si no hubiera sabido de inmediato qué era lo que tenía que hacer.

Soltó una maldición espantosa.

–¡Ese Kasperle y su amigo Pepín quieren meterme en chirona! –gruñó–. Pero voy a darle la vuelta a la tortilla... ¡Se van a enterar esos dos de lo que es bueno! ¡Venganza! ¡Venganza!

¡Lo importante es disfrazarse bien!

Kasperle y Pepín no fueron a avisar a la Policía, sino solo hasta el siguiente recodo del bosque. Allí se ocultaron entre la maleza y esperaron. Cuando vieron que Saltodemata se llevaba la caja de patatas, se pusieron muy contentos.

–La verdad es que me da un poco de pena, el pobre –dijo Pepín.

–¿Por qué? –preguntó Kasperle.

–Porque ahora tiene que cargar él solo con esa caja tan pesada. ¡Espero que no acabe con los pies planos!

–¿Ese? –gruñó Kasperle–. ¡Por mí como si lo aplasta la caja! ¡No olvides que es un bandido y que robó el molinillo de la abuela!

Para mayor seguridad, se quedaron un rato en su escondite del bosque. Luego regresaron al lugar donde

Saltodemata los había atacado. El carro vacío estaba en la cuneta, tirado al revés.

–Está bien ahí –dijo Kasperle–. Seguirá en el mismo sitio cuando volvamos.

¿Y dónde estaba el rastro de arena?

No hizo falta buscar mucho: ¡se internaba dentro del bosque! Kasperle quería seguirlo a toda prisa, pero Pepín lo agarró de la chaqueta.

–¡Espera! ¡Primero tenemos que disfrazarnos!

–¿Disfrazarnos?

–¡Por supuesto! ¡El bandido Saltodemata no puede reconocernos de ninguna manera!

–Mmm... Eso es verdad. Pero ¿de dónde vamos a sacar un disfraz con la prisa que tenemos?

–Muy sencillo: ¡yo te presto mi sombrero alpino y a cambio tú me das tu gorro de lana!

–¿Y qué voy a hacer yo con tu sombrero alpino?

–Vaya pregunta más tonta, ¡ponértelo! ¿Qué tal te queda?

–Mal –dijo Kasperle.

El sombrero alpino le quedaba grande, parecía un espantapájaros de vacaciones. Pero a Pepín le pareció bien.

–¡Estupendo! –dijo–. ¡Nadie te reconocerá! ¿Y a mí con el gorro de lana?

–¡Para mondarse de risa! –dijo Kasperle–. ¡La abuela se desmayaría otra vez si te viese!

–Pues me quedo más tranquilo.
No habrá forma de que el bandido
Saltodemata nos reconozca.
¡Venga, en marcha!

Kasperle y Pepín si-
guieron el rastro de arena
fina que Saltodemata había
dejado en el suelo del bosque. El rastro se veía
perfectamente, pero
el bosque se vol-
vía cada vez más
espeso y sombrío.

*Y es que los bandidos no son tan
tontos como parecen a veces.*

«¡Buf! –pensó Pepín–. ¡Una auténtica guarida de ladrones! Menos mal que vamos bien disfrazados.»

Debían de llevar casi una hora caminando cuando Kasperle, que iba el primero, se detuvo.

–¿Qué pasa? –preguntó Pepín.

¡El rastro se dividía en dos! ¿Cómo era posible? ¡De repente, en vez de un rastro, había dos! Uno llevaba a la derecha, y otro a la izquierda.

–¿Tú lo entiendes, Pepín?

–Sí, Kasperle. Uno de los dos tiene que ser falso.

–Eso me temo yo también. Pero ¿cuál es el verdadero?

–Es difícil de decir, tendremos que comprobarlo. Lo mejor será que nos separemos.

–Está bien, Pepín. ¿Prefieres ir a la derecha o a la izquierda?

–¡Echémoslo a suertes!

–¡De acuerdo!

Kasperle y Pepín se lo jugaron lanzando una moneda al aire. Pepín sacó dos caras y una cruz. Eso significaba que tenía que ir hacia la izquierda.

–Que te vaya bien... ¡Y ten cuidado, Pepín!

–Sí, Kasperle, haré todo lo que pueda. ¡Que te vaya bien a ti también!

Un tiro de pimienta

El bandido Saltodemata se acarició la barba negra con una sonrisa. Se alegraba de que se le hubiera ocurrido esparcir un segundo rastro con el resto de la arena que quedaba en la caja. ¡Esperaba que Kasperle y Pepín fueran tan descuidados como para separarse! Al final del rastro, cada uno de ellos se pegaría un buen chasco. Saltodemata lo había preparado todo.

El rastro izquierdo era el verdadero, pues conducía a la guarida del bandido. Lo malo era que muy cerca de la entrada estaba Saltodemata, escondido detrás del viejo y nudoso tronco de un roble, con la pistola preparada para disparar. En el cañón no había balas, sino una carga de pimienta molida. Y un tiro de esa pistola –el bandido lo sabía de buena tinta– era justo lo adecuado en un caso como aquel.

«¿Tardará mucho en llegar todavía?», pensó Salto-demata. Pero no..., si no se equivocaba, alguien se acercaba a tientas por el bosque.

¡Justo, ya aparecía entre los árboles! Llevaba un gorro rojo de lana. ¡Entonces era Kasperle!

Saltodemata no podía saber que en realidad era Pepín con el gorro de Kasperle. Con mucha sangre fría, el bandido levantó la pistola y se preparó para disparar.

Lo hizo meticulosamente. Dobló despacio el dedo y... ¡bruuum! Un rayo, un chasquido y una nubecilla de polvo.

¡Pobre Pepín! Recibió el disparo de pimienta en el mismo centro de la cara. Dejó de oír y de ver, y empezó a estornudar, a escupir y a toser sin parar. ¡Cómo quemaba y picaba, cómo le escocían los ojos! ¡Qué horror, qué horror!

Para el bandido Saltodemata, las cosas iban a ser muy fáciles ahora.

Muerto de risa, le ató brazos y piernas con una cuerda, se lo echó a la espalda y lo metió en su guarida. Ahí lo dejó, tirado en un rincón.

–¡Bueno! –gritó–. Ahora puedes estornudar todo lo que quieras, ¡hasta que mejores!

El bandido esperó a que Pepín se hubiera recuperado un poco. Y cuando vio que se le pasaban los efectos de la pimienta, le pegó una patada y se burló:

–¡Buenas, Kasperle! Bienvenido a mi cueva. ¿Te gusta? Siento que estés acatarrado. ¡Pero son cosas

que pasan si metes la nariz en asuntos que no te incumben!

Pepín no pudo contestar porque seguía estornudando.

—¡Salud, Kasperle! —dijo el bandido Saltodemata.

¿Había dicho «Kasperle»?

—¡Yo no soy Kasperle! —gritó Pepín, y tuvo que estornudar de nuevo.

–No, claro que no –dijo Saltodemata haciendo una mueca–. Ya sé que no eres Kasperle, sino el emperador de Constantinopla.

–No, no... ¡Soy Pepín!

–Claro, claro... Y yo soy el sargento Matamicrobios, si te parece.

–¡Pero... yo soy Pepín de verdad!

–¡Cierra la boca! –rugió el bandido Saltodemata–. Como trates de tomarme el pelo, me voy a enfadar y te voy a dar con el atizador de la chimenea... Pero atiende...

Tin... tin... tin... tin.

Una campanilla que colgaba del marco de la puerta, junto a la entrada de la cueva, estaba tintineando.

–¿Sabes qué significa eso? –preguntó el bandido Saltodemata–. No, no puedes saberlo, tengo que explicártelo. Ese tintineo significa que tu amigo Pepín acaba de caer en un hoyo. O para ser más exactos: ¡le he tendido una trampa y ha caído de lleno! Sí, te asombras; te has quedado sin habla, ¿verdad? Pero consuélate, ¡son muchas las personas que no han podido con Saltodemata!

Saltodemata se rio amenazante mientras se golpeaba los muslos. Luego se agachó y sacó unas cuerdas y un saco que había debajo de la cama.

–Iré a buscar a tu amigo Pepín, para que no te sientas tan solo aquí –dijo–. Mientras tanto, ¡piensa si eres o no Kasperle! ¡Hala, a disfrutar!

Malas perspectivas

¿Y qué le había pasado a Kasperle entretanto?

Al separarse de Pepín, se había internado en el bosque siguiendo el rastro. En medio de aquel silencio, no solo odiaba al bandido Saltodemata y aquel dichoso sendero lleno de raíces y ramas espinosas, sino que también aborrecía el sombrero de Pepín.

Se le resbalaba todo el tiempo hacia la cara. Por más que se lo echara una y otra vez hacia atrás, a los dos pasos como mucho, ¡volvía a tenerlo en la nariz!

«Igual me va mejor si le doy la vuelta», pensó Kasperle, y se puso el sombrero al revés.

Pero tampoco.

Kasperle continuó apartándose el estúpido sombrero, y este siguió cayendo sobre su frente... hasta que de pronto sonó un tremendo chasquido, se oyó un murmullo de hojas y Kasperle y el sombrero de Pepín se precipitaron en una de las muchas trampas cubiertas de ramas secas que rodeaban la guarida del bandido.

Y allí estaba ahora el bueno de Kasperle, un piso más abajo, frotándose el trasero. ¡Una suerte que no se hubiera roto nada! Con aquella caída y aquel golpetazo, habría sido lo más probable.

«¡Pues vaya! —se dijo Kasperle mirando alrededor—. Cuatro paredes rectas y lisas, nada más. ¿Cómo voy a salir de aquí?»

¡Pero estaba Pepín! Seguro que lo encontraría y lo sacaría de allí. Al fin y al cabo, era su mejor amigo.

¿Asomaría pronto la nariz? Kasperle aguzó el oído. Le pareció oír que venía alguien. Por desgracia, ese alguien no era su amigo Pepín, sino ¡el bandido Saltodemata! Se pegó un buen susto cuando vio aparecer en el borde del hoyo aquella cara de barba negra y tupida.

—¡Hola, Pepín! —gritó Saltodemata—. ¡Espero que no te hayas roto el pescuezo! ¿No quieres desearme buenos días? Piensa, el bueno de Saltodemata ha venido para ayudarte. ¿Quieres salir de ese agujero?

Kasperle asintió. Claro que quería. Cuando estuviera fuera, ya vería. A lo mejor encontraba una oportunidad para escapar.

—¡Presta atención! —dijo Saltodemata—. ¡Haz justo lo que yo te diga! Voy a bajarte un saco con esta cuerda... Así, ¿lo ves? ¡Y ahora métete dentro!

–¿En el saco? –preguntó Kasperle dubitativo.

–Sí, en el saco –respondió Saltodemata–. Quiero izarte, no hay otra manera... ¡Venga, hazlo de una vez! ¡Y no te olvides el sombrero ahí abajo!

Claro, ¡el sombrero alpino!

Kasperle lo levantó del suelo y se lo puso en la cabeza. Luego se metió en el saco y el bandido Saltodemata lo sacó del hoyo como si fuera en un ascensor. Sin embargo, cuando ya lo tenía arriba, feliz, hizo lo mismo que habría hecho Kasperle en su lugar: cerró el saco. Ahora Kasperle sí que estaba prisionero.

Por mucho que chilló y se sacudió, no sirvió de nada. Saltodemata se lo echó al hombro y ¡a la guarida con él!

–¡Aquí estamos! –anunció Saltodemata al llegar. Luego dejó caer el saco al lado de Pepín–. ¡Ahora sabremos realmente quién de vosotros dos es Pepín y quién es Kasperle!

Abrió el saco un poco, lo justo para que Kasperle pudiera asomar la cabeza: la cabeza con el sombrero alpino. El bandido no le dejó sacar nada más.

–¿Quieres admitir de una vez que eres Kasperle? –le espetó a Pepín.

Pepín iba a replicar que él era Pepín. Pero Kasperle se le adelantó y le guiñó un ojo. A lo mejor les venía bien que el bandido los confundiera.

–¿Por qué no me contestas, chico?

–¿Qué tendría que contestarle? –dijo Kasperle en lugar de Pepín–. ¡Usted lo sabe mucho mejor, señor Matodesalta!

–¡¿Matodesalta?! ¡Me llamo Saltodemata!

–Oh, disculpe, señor Saltodepata.

–¡Tonto de remate!

–¿Cómo? ¿Se llama usted Tontoderremate?

–¡No, me llamo Saltodemata, maldita sea! ¿No puedes recordar ni los nombres más sencillos?

–¡Pues claro, señor Patodesalta!

Saltodemata pellizcó un poco de rapé.

Comprendió que no tenía ningún sentido enfadarse. Ese chico, Pepín, era tan rematadamente tonto como indicaba su aspecto, con aquel sombrerito alpino.

Con mucha ceremonia, el bandido desdobló un pañuelo grande de cuadros.

Estornudó y luego se sonó los mocos.

Después de limpiarse la nariz a conciencia y guardar de nuevo el pañuelo, se colocó ante Kasperle y Pepín, metió los pulgares en el cinturón y les dio una charla.

–Queríais espiarme y ahora estáis en mis manos –dijo–. Eso está bien. No me dais ninguna pena. Si quisiera, podría rebanaros la tripa o retorceros el pescuezo... Pero no es mi estilo. ¿Y por qué no?

Aspiró otra pizca de rapé de su lata de tabaco y estornudó, antes de continuar:

–¡Porque se me ha ocurrido una idea mejor para vosotros! A ti, Kasperle –dijo señalando a Pepín–, te ataré con una cadena y te quedarás en la cueva trabajando para mí, ¡hasta que te pongas verde de rabia! Y a ti, Pepín –Saltodemata señaló a Kasperle–, ¡te venderé!

–¡Ay, no! –gimió Kasperle–. ¿A quién me venderá?

–¿A quién? –dijo Saltodemata–. ¡A mi viejo amigo, el gran y malvado mago Petrosilio Atenazador!

Petrosilio Atenazador

El gran y malvado mago Petrosilio Atenazador estaba sentado de muy mal humor en la cocina de su castillo, pelando patatas.

Se trataba de un gran mago que era capaz de transformar a una persona en animal y de convertir un montón de basura en oro, pero, por mucho que lo había intentado, todavía no había dado con el hechizo para pelar patatas. De modo que, si no se contentaba con comer todos los días pasta y arroz, algún día que otro, quisiera o no, tenía que atarse el delantal y ocuparse él mismo del terrible engorro de pelar patatas.

–¡Y todo porque no tengo criado! –suspiró.

¿Y por qué no tenía criado?

«Porque no he encontrado todavía ninguno que me convenga –pensó–. El criado ideal para mí tendría que ser, por encima de todo, tonto. Solo un tonto podría vivir en mi castillo sin pillarme los trucos. Por mucho cuidado que ponga un mago, es difícil no descubrirse en algún momento. Antes de tener a un moscón dando vueltas por aquí, será mejor que me pele yo mismo las patatas, por muy pesado que sea.»

Mientras pensaba esto, Petrosilio Atenazador había dejado de trabajar. Se disponía a seguir pelando cuando llamaron a la puerta.

—¡Un momento! —gritó el gran mago Petrosilio—. ¡Voy enseguida!

Corrió al vestíbulo y posó la mano en el pestillo para descorrerlo, pero en el último segundo se dio cuenta de que aún llevaba el delantal puesto. Madre mía, Petrosilio Atenazador en delantal: ¡solo faltaba que alguien lo viera con un atuendo tan indigno!

La campanilla volvió a sonar.

—¡Sí, ya voy! —gritó Atenazador.

Se arrancó el delantal de la cintura, pero ¿qué hacer con él?

—¡Abracadabra!

El gran mago Petrosilio Atenazador chasqueó los dedos, y el delantal voló a la cocina y se colgó en el gancho del armario.

La campanilla sonó por tercera vez.

Petrosilio Atenazador descorrió el pestillo y abrió la puerta. Fuera estaba el bandido Saltodemata con un saco a la espalda.

–¡Eh, mira tú! –dijo el gran mago con alegría–. Viejo amigo, ¿vives todavía? ¡Bienvenido a mi casa, bienvenido! ¿No quieres pasar?

–Encantado –dijo Saltodemata.

Petrosilio Atenazador lo condujo a su despacho, lo que para Saltodemata era un honor. El gran mago solo llevaba allí a sus mejores amigos; a los otros invitados los recibía (si los recibía) en el vestíbulo.

En el despacho de Atenazador había una enorme estantería repleta de gruesos libros encuadernados en piel. También sobre la mesa se amontonaban los gruesos volúmenes encuadernados en piel, y en la repisa de la ventana, y en el suelo. Del techo colgaba un cocodrilo disecado, y al fondo, en un rincón, se distinguía un esqueleto que portaba una vela encendida en su huesuda mano derecha.

Petrosilio Atenazador se sentó en el sillón detrás de la mesa y señaló la silla que había frente a él.

–¿No quieres tomar asiento, viejo amigo?

Saltodemata asintió y se sentó.

–¿Un poco de tabaco? –ofreció el gran mago.

–¡Siempre viene bien!

Atenazador chasqueó los dedos en el aire y de la nada apareció una caja de plata llena de rapé que le tendió a Saltodemata.

–Por favor..., ¡sírvete!

Saltodemata agarró un buen puñado y aspiró. Luego estornudó con tanta fuerza que el cocodrilo del techo estuvo en un tris de salir volando.

–Diablos, querido amigo, ¡esto sí que es tabaco de verdad! ¡Es tres veces más potente que la carga de un cañón! ¿Dónde lo consigues?

–Cosecha propia –respondió el gran mago–. Mi mezcla especial. Marca «Consuelo Nasal». Vamos, ¡toma un poco más!

A Saltodemata se le iluminó la cara. Se le acababa de ocurrir una idea. Aspiró y estornudó. Luego dijo:

–¿No podríamos hacer un negocio?

–¿Un negocio? –preguntó Atenazador.

–Sí –dijo Saltodemata–. Con el rapé.

Atenazador arrugó la nariz.

–¿Qué podrías ofrecerme tú a cambio? –preguntó–. ¿No sabes que tengo muchísimo dinero?

–¡Quién habla de dinero! –dijo Saltodemata–. Te ofrezco algo mucho mejor. ¡Adivina!

Petrosilio Atenazador frunció el ceño y pensó. Saltodemata esperó un rato, y luego dijo:

–¿Te puedo ayudar? Es algo que llevas mucho tiempo buscando en vano...

–¿Algo que llevo mucho tiempo buscando en vano? –preguntó intrigado el gran mago–. No será un nuevo libro de magia...

–¡No! ¡Un criado!

–¡Oh! –dijo el gran mago Atenazador–. ¿De verdad? ¿Un criado? Pero ¿es lo bastante tonto?

–No podría serlo más –dijo el bandido Saltodemata.

–¿Y dónde lo tienes?

–¡En este saco!

Saltodemata deshizo el nudo de la cuerda con la que había cerrado la parte de arriba del saco. Este se escurrió al suelo, y de él salió Kasperle con el sombrero de Pepín en la cabeza.

Petrosilio Atenazador chasqueó los dedos y aparecieron sus gafas. Se las puso sobre la nariz y observó a Kasperle con interés. Kasperle puso la cara de tonto más tonto que pudo.

–¿Es tan tonto como parece? –preguntó el gran mago Atenazador.

–Por lo menos –respondió Saltodemata.

–Eso está bien –dijo Atenazador–. ¡Eso está muy bien! ¿Cómo se llama?

–Pepín.

–Ajá... Pues me quedo contigo, Pepín. ¿Sabes pelar patatas?

–¡Claro, señor Charlador! –exclamó.

–¡¿Confundes mi nombre, chico?! –gritó el mago enojado–. Y no soy simplemente un señor, ¡exijo que te dirijas a mí como «gran mago Petrosilio Atenazador»! ¡Apréndetelo de una vez para siempre!

–Por supuesto, gran mago Ceprodilio Rallador
–dijo Kasperle con inocencia.

–¡Rayos y truenos!

El gran mago agarró a Kasperle por el cuello y lo
sacudió con fuerza.

–¿Crees que voy a permitir que te burles de mí?
¿Quieres que te transforme en un instante en mono
o en gusano?

Petrosilio Atenazador chasqueó los dedos y
–¡bruuumm!– ya tenía la varita mágica en la mano.
Pero Saltodemata no permitió que hechizara a Kasperle. Agarró al mago del brazo y lo calmó:

–¡Pepín no confunde tu nombre a propósito, viejo
amigo! No se da cuenta, ¡es demasiado tonto para
eso!

–Ah, ya... –dijo Petrosilio Atenazador, y a continuación se echó a reír–. ¡Saltodemata! –gritó–. No
puedes ni imaginarte lo contento que estoy. Este Pepín me gusta, ¡es perfecto para mi casa! Voy a llevarlo

corriendo a la cocina, allí tendrá que pelar patatas. Entonces nosotros podremos hablar del precio con toda tranquilidad.

—Mejor hablemos ya —dijo el bandido Saltodemata.

—¡Bueno! Te ofrezco... digamos... ¡medio saco de rapé!

—¿Medio? —replicó Saltodemata—. ¿No es poco para un criado entero?

—De acuerdo —dijo Petrosilio Atenazador—, te daré un saco entero. ¿Hecho?

Y le ofreció a Saltodemata su mano derecha.

—¡Hecho! —dijo Saltodemata, estrechándosela—. Desde ahora, puedes hacer con Pepín lo que quieras. ¡Es todo tuyo!

¿De dónde sale?

Una aventura nocturna

Kasperle pasó el resto del día pelando patatas en la cocina del castillo del mago Atenazador. No había manera de que al gran y malvado mago le parecieran suficientes ahora que no tenía que pelarlas él. Al mediodía se zampó siete boles de puré y, para cenar, seis docenas y media de ñoquis con salsa de cebolla. ¡No era de extrañar que esa noche estuviera de un humor excelente!

Por fin, se levantó de la mesa, le dio a Kasperle un golpecito amistoso en el hombro y dijo:

–¡Basta por hoy! Voy a enseñarte tu dormitorio. ¡Ven, Pepín!

Kasperle siguió al gran mago Petrosilio Atenazador por el pasillo hasta un pequeño cuarto. Allí había una cama vacía y un palanganero.

–Este es tu cuarto, Pepín. Aquí dormirás.

–¿Aquí? ¿En una cama sin colchón? –preguntó Kasperle.

–¡Paciencia! –dijo Petrosilio Atenazador.

Acto seguido, el mago chasqueó los dedos: sobre la cama metálica apareció un grueso saco de paja. ¿Cómo había llegado hasta allí? Kasperle no supo decirlo. Luego, Atenazador volvió a chasquear los dedos una segunda vez, una tercera y una cuarta, y sobre el saco aparecieron una sábana, un edredón y una almohada.

–¡Bueno, con esto bastará! –dijo el gran mago–. Me voy a la cama. ¡Buenas noches, Pepín!

–¡Buenas noches, gran mago Eprosilio Calzador!

Atenazador salió de allí. Tenía el dormitorio arriba, en el quinto piso. Pero el cuarto de Kasperle estaba en la planta baja, como la cocina. Si miraba por la ventana, veía el huerto. Y detrás, el bosque.

¿Y la ventana?

¡La ventana no tenía barrotes y podía abrirse desde dentro!

«No está mal –pensó Kasperle–. Me temo que a partir de mañana el gran mago va a tener que pelar patatas otra vez...»

Kasperle esperó hasta que se hizo de noche por completo. En cuanto saliera, iría a liberar a su amigo Pepín. Ya se le ocurriría cómo hacerlo llegado el momento. ¡Lo primero era salir de allí lo antes posible!

¿Estaría dormido ya Petrosilio Atenazador?

Kasperle se deslizó por la ventana con cuidado y aterrizó en el huerto. Miró el castillo. Estaba oscuro y en silencio. ¡Bien!

La valla del jardín no era muy alta. Sin embargo, cuando se disponía a trepar por ella, ocurrió algo inesperado: ¡alguien lo agarró del borde y del cuello de la chaqueta y tiró de él hacia atrás! Se dio un buen golpe en el trasero.

¿Quién lo había agarrado? ¿Tal vez el gran y malvado mago Petrosilio Atenazador en persona?

Kasperle miró a su alrededor con miedo... Pero qué raro, ¡no se veía a nadie en el jardín!

«Puede que sean imaginaciones mías –pensó–. Voy a probar otra vez por un sitio distinto.»

Pensado y hecho.

Kasperle se levantó y dio unos pasos hacia atrás. Luego corrió hacia la valla; quería tomar impulso para saltar. ¡Pero tampoco esta vez tuvo éxito! Alguien lo agarró por el cogote y tiró de su cuerpo, y él se derrumbó como un saco de harina.

Se quedó un rato en el suelo, justo donde había caído, en el centro del parterre de perejil del mago Atenazador. Aguzó el oído, pero no oyó nada.

–¡Pssst! –dijo Kasperle–. ¿Hay alguien ahí?

Ninguna respuesta.

–Si hay alguien, ¡que lo diga!

Todo permanecía en un silencio sepulcral. Solo se oía el murmullo del bosque, al otro lado de la valla.

«Debo de haberme confundido –pensó Kasperle–. Probemos otra vez... Pero no tengo ganas de volver a trepar, ¡lo intentaré por debajo!».

Bordeó la valla a cuatro patas para buscar un hueco por donde pasar. ¡Allí había una tabla suelta! La empujó a un lado y logró que el hueco fuera lo suficiente grande para él.

«¡Bien!», pensó, y se dispuso a pasar. Pero tampoco esta vez tuvo suerte, porque alguien lo agarró de los pies y lo apartó de la valla.

¡Ya estaba bien!

De repente sonó un plas, y Kasperle recibió tal bofetada que se puso a gritar del susto.

Y el gran mago Petrosilio Atenazador se despertó, claro, encendió la luz y se asomó por la ventana de su dormitorio en el quinto piso. Llevaba un gorro de dormir en la cabeza.

–Pero ¿qué es lo que oigo y veo? –exclamó–. ¡Pepín quiere escaparse! Pero..., pero ¿cómo puedes ser tan tonto, Pepín? ¡No puedes salir por la valla de mi castillo! Para abandonarlo, tendrías que hacerlo con mi permiso, cosa que yo nunca te concederé. Si lo intentas por tu cuenta, te irá siempre tan mal como ahora. Vete a dormir, Pepín, y en adelante no vuelvas a molestarme mientras duermo o si no...

Un rayo parpadeó en el suelo, a un palmo de los pies de Kasperle, quien se pegó un susto de muerte. Arriba, en el quinto piso del castillo, el gran mago Petrosilio Atenazador cerró la ventana entre grandes risotadas.

¿Qué otra cosa se puede esperar de un ser tan malvado?

No se puede ser más tonto

Al día siguiente, Kasperle tuvo que prepararle al gran mago un bol grande de puré de patata, y Atenazador solo soltó la cuchara cuando el recipiente estuvo vacío. Entonces se limpió la boca con una punta del mantel. Estaba contento.

–¿Y yo? –preguntó Kasperle decepcionado, porque esperaba que Atenazador dejara algo para él.

–¡No te preocupes, querido!

El mago chasqueó los dedos y apareció una hogaza de pan, mantequilla y queso.

–Esto es para ti, Pepín –dijo–. Pero no empieces a comer todavía, tengo algo que decirte...

El mago carraspeó antes de seguir hablando.

–Hoy tengo que dejarte solo, porque voy a visitar a un mago de Buxtehude y no regresaré hasta la noche.

Si tienes hambre, ve a la despensa y come lo que quieras. El resto del tiempo debes trabajar. Presta atención a lo que tienes que hacer. Primero, debes pelar seis cubos de patatas y cortarlas bien finas para la cena; segundo, serrar tres brazas de leña, partirla y amontonarla; tercero, barrer el suelo de la cocina, y cuarto, plantar los bancales vacíos del huerto. ¡Repítelo!

–¡Lo que ordenes, gran mago Espectrofilio Zarandeador! –dijo Kasperle. Su intención era mostrarse lo más tonto posible. Así conseguiría desesperar a Petrosilio Atenazador. A lo mejor el gran mago acababa enfadándose tanto que terminaba por echarlo del castillo.

Kasperle simuló hacer un tremendo esfuerzo para pensar. Puso los ojos en blanco y se rascó el cogote. Petrosilio Atenazador lo miró durante un rato, luego se impacientó.

–Venga, venga –dijo–. ¿No ves que me tengo que marchar? Abre la boca y dime lo que tienes que hacer.

–¡Lo que tengo que hacer! –exclamó Kasperle–. Tengo... Sí, bueno, ¿qué tengo que hacer? Antes lo sabía. Pero ahora... ¡Un momento! ¡Creo que ya lo recuerdo!

Kasperle se apartó el sombrero de la frente.

–Primero, tengo que serrar seis cubos de patatas, partirlos y amontonarlos; segundo, barrer tres brazas de leña; tercero, pelar el suelo de la cocina y cortarlo bien fino para la cena; cuarto...

–¡Basta! –gritó el gran mago Atenazador–. ¡Deja de decir sandeces, para inmediatamente!

Kasperle puso cara de sorpresa.

–¿Por qué tengo que parar? –preguntó.

–¡Porque estás diciéndolo al revés y confundiéndolo todo! ¡Empieza otra vez desde el principio!

–¡Encantado, gran mago Reprocilio Cargador! Primero, tengo que plantar seis cubos de patatas; segundo, serrar el suelo de la cocina, partirlo y amontonarlo; tercero, barrer los bancales vacíos del huerto, y cuarto... ¿Qué iba en cuarto lugar?

–¡Menuda estupidez! –gritó Petrosilio Atenazador–. ¡Menuda estupidez, menuda estupidez!

–¿Por qué? –preguntó Kasperle.

–¿Por qué? –Petrosilio Atenazador se dio a sí mismo un golpe en la frente–. ¡Porque eres tonto! ¡Tonto de remate! ¡Ni siquiera eres capaz de recordar las tareas más sencillas! ¡Me desesperas! ¡Me de-ses-pe-ras!

El gran mago, muy enfadado, pegó una patada en el suelo.

«¡Ahora ocurrirá! –pensó Kasperle–. ¡Ahora me echará de aquí!»

Pero, por desgracia, no fue así.

El gran mago Atenazador no lo echó de allí, porque lo necesitaba. Chasqueó los dedos y apareció una botella de aguardiente con la que ahogó sus penas. Luego dijo:

–Que seas tonto, Pepín, puede ser muy molesto en según qué ocasiones, pero sin duda tiene sus ventajas. Para ser breve: me contentaré con que peles para esta noche seis cubos de patatas... Debes pelarlas y cortarlas finitas, porque para cenar quiero comer patatas asadas. De las otras tareas te libras a causa de tu estupidez. Bueno..., ahora tengo que darme prisa. Si no, ¡mi colega creerá que me he olvidado de él!

El gran mago Petrosilio Atenazador subió corriendo a la azotea de la torre del castillo. Una vez allí, extendió en el suelo su túnica mágica bordada con signos verdes y azules, se puso encima y pronunció unas palabras mágicas. Entonces la túnica se elevó en el aire y lo llevó hasta Buxtehude.

¿Y Kasperle?

Después de engullir el pan con queso y mantequilla, comenzó su tarea. Se sentó en la cocina, peló patatas y se puso a pensar.

Sobre todo en Pepín.

El día anterior, Saltodemata le había encadenado el pie izquierdo al muro de la cueva, en el rincón más oscuro, entre el barril de pólvora y el tonel de pimienta.

¿Seguiría encadenado allí, sobre el suelo frío?

«Si al menos Saltodemata le hubiera dado un puñado de paja o una manta», pensó Kasperle.

Y cuanto más pensaba en Pepín, más deseos tenía de saber cómo le había ido en la cueva desde su partida...

Pepín se había pasado muchas horas solo en la cueva oscura, y si no hubiera tenido la cadena alrededor del pie habría salido corriendo a cualquier parte. Pero no podía quitarse la cadena. Por mucho que tirara de ella o la agitara con desesperación, estaba fija en la pared. Era inútil.

Por la noche Saltodemata regresó causando mucho alboroto. Se descolgó del hombro el saco de tabaco, tiró el sombrero y la capa en un rincón y encendió una vela.

—Bueno, viejo Kasperle, ya basta de gandulear. ¡Ahora hay que trabajar!

Primero, Pepín tuvo que ayudarle a quitarse las botas sucias; luego, el bandido lo desencadenó.

—¡Enciende el fuego del fogón! Por el camino he cazado un ganso bien gordo. Cuando el fuego esté listo, desplúmalo y ásalo en el espeto. Me gusta que esté crujiente por todas partes, ¡pero ten cuidado de que no se te queme! Yo, mientras, me pondré la bata para estar más cómodo.

Pepín desplumó el ganso y lo asó. Mientras daba vueltas al espeto, el olor de la carne se le metía en la nariz. No había comido nada desde la mañana y se estaba mareando. ¿Permitiría el bandido Saltodemata que se comiera también él una ración?

¡Pero Saltodemata no tenía ninguna intención semejante! Cuando el asado estuvo a punto, gritó:

–¡Hora de comer!

A continuación se comió el ave de una tacada, y Pepín se quedó a dos velas. ¡No le dejó ni un hueso para roer!

–Mmmm... ¡Qué bueno estaba! –dijo Saltodemata, y luego soltó un eructo–. Ahora me tomaría un café...

Se acercó al baúl y sacó un molinillo. ¡El molinillo de la abuela! Lo llenó con granos de café.

–¡Venga! –le gritó a Pepín–. ¡A moler!

Y Pepín tuvo que moler el café para Saltodemata con el molinillo de la abuela.

¡Encima, cuando giró la manivela empezó a sonar «Mayo renueva la Tierra»! Para Pepín fue algo tremendo, mucho peor aún que todo lo que había vivido aquel día tan desastroso.

–¿Qué te pasa? –preguntó el bandido Saltodemata cuando vio que el bueno de Pepín estallaba en lágrimas–. Estás muy triste, Kasperle, ¡eso no me gusta! ¡Voy a divertirte un poco!

Y le quitó el gorro de lana de la cabeza.

–¡No me gustas con ese gorro! No le pega a tu cara... ¡Así que fuera!

El bandido tiró el gorro al fuego y dejó que se quemara.

–¿No te parece divertido? –dijo–. ¡Yo creo que es para morirse de risa!

Saltodemata reía y Pepín lloraba. Así, llorando, acabó de moler el café mientras el molinillo de la abuela seguía sonando.

Luego, Pepín tuvo que limpiarle las botas al bandido y abrillantárselas. Después, Saltodemata lo encadenó de nuevo, se acostó y apagó la luz.

Pepín se pasó media noche sin pegar ojo a causa de la preocupación y la añoranza. Estaba tumbado sobre el suelo frío, entre el barril de pólvora y el tonel de pimienta, y pensaba en Kasperle. ¿Qué diría cuando se enterase de que el bandido Saltodemata le había quemado su gorro de lana? Pero ¿llegaría a saberlo alguna vez?

–Dios mío –suspiró Pepín–, en menudo embrollo nos hemos metido. ¡Somos dos pobres desgraciados!

Sin embargo, por fin lo venció el sueño. Y soñó con Kasperle y con su abuela, que estaban en el cuarto de

estar tomando café y comiendo tarta –de ciruelas con nata, por supuesto–, y Kasperle llevaba su gorro de lana y todo estaba bien, en perfecto orden. No había cadenas en los pies, guaridas de bandidos ni Saltodematas.

¡Ojalá aquel sueño no hubiera terminado nunca!

Pero el final llegó demasiado pronto para el pobre Pepín: a las seis en punto de la mañana, el bandido Saltodemata se levantó y lo despertó.

–¡Eh, tú, dormilón! ¡Hay que levantarse para trabajar!

Moler café, partir leña, encender el fuego. Luego, Saltodemata desayunó con ganas mientras Pepín permanecía ahí delante, mirándolo. Recoger, ir a buscar agua, fregar los platos. A continuación, Pepín tuvo que darle vueltas a la muela para que Saltodemata pudiera afilar su sable y sus siete cuchillos.

–¡Venga, esmérate, gandul! ¡Una muela no es ningún organillo! ¡Más deprisa, más deprisa!

Cuando el séptimo cuchillo estuvo afilado, Pepín volvió a su rincón y Saltodemata lo encadenó de nuevo. Luego le tiró un trozo de pan enmohecido.

–Toma, come... ¡No te mueras de hambre, Kasperle! Ahora me voy a trabajar, como todos los días. Pero tú puedes quedarte aquí, ganduleando. Así, cuando vuelva esta noche, tendrás energía para trabajar para mí. ¿Por qué tendría que irte mejor a ti que a tu amigo

Pepín con el gran y malvado mago Petrosilio Atenazador?

Dicho esto, salió de la guarida y cerró la puerta a su espalda.

¡Maldito bribón!

Tres
puertas
en el
sótano

Una vez que hubo pelado tres cubos de patatas, Kasperle hizo una pausa. Dejó el cuchillo, se limpió las manos en los pantalones y fue a ver qué había para comer en la despensa del mago Atenazador. Porque pronto sería mediodía y tenía hambre.

Nada más entrar, encontró un frasco con pepinillos en vinagre.

«¡Alegrémonos la vida! –pensó–. ¡No hay mejor medicina para ello!»

Se zampó tres pepinillos. Luego se sintió infinitamente mejor y fue probando las distintas mermeladas que había en el estante. A continuación bebió un vaso de leche y, para terminar, se cortó una loncha de salami. Pues en la despensa del mago Atenazador también había jamones y embutidos, de extensiones y grosores diversos. Colgaban de una viga; solo tenía que desengancharlos.

«¡Como en el país de Jauja!», pensó Kasperle.

Pero de pronto, mientras estaba ahí mirando los embutidos, oyó unos gemidos apagados:

–¡Uh-juju-juuuh!

El susto le hizo dar un respingo. ¿No estaba solo en el castillo? ¿Había alguien más aparte de él? ¿Quién?

–¿Y qué? –dijo Kasperle–. ¡Me da exactamente igual! Cortó un trocito de salchichón a la pimienta y se lo metió en la boca. Entonces se oyó el gemido otra vez.

–¡Uh-juju-juuuh!

Sonaba muy apagado y triste; tan triste que a Kasperle se le quitó el apetito. ¡Era evidente que allí había alguien! Alguien que, por lo visto, sufría grandes penas.

–A lo mejor le puedo ayudar –reflexionó Kasperle–. Tengo que averiguar lo que sucede. No puedo pasarme el día oyendo algo así. ¡Acabaría muerto de la pena yo también!

Kasperle aguzó el oído para comprobar de dónde venían los gemidos. Siguió el sonido; de la despensa a la cocina, de allí al pasillo, y del pasillo a la puerta del sótano.

–¡Uh-juju-juuuh! –oyó de nuevo.

Venía de las profundidades del sótano. ¿Tendría que armarse de valor y bajar?

–¡Ahora mismo estoy ahí! –gritó hacia abajo–. ¡Voy a buscar una luz!

Corrió a la cocina y tomó la lámpara que estaba colgada sobre el fregadero. Una cerilla –¡rizzz!– para encender la mecha y ¡asunto concluido!

Bajó con precaución por las escaleras resbaladizas. Había mucha humedad; Kasperle empezó a temblar. Del techo caían gruesas gotas de agua que rebotaban en su sombrero. Se hallaba en un corredor largo de techo bajo, y después de dar diez o veinte pasos se topó con una puerta.

Estaba recubierta de acero y tenía un letrero enmarcado en negro.

Kasperle dudó un momento. Luego volvió a oír los gemidos y supo que debía continuar. Aferró el pica-porte y abrió.

Pero ¿qué era eso? Justo detrás de la primera puerta ¡había una segunda! También estaba recubierta de acero y como la primera tenía un gran letrero enmar-cado en negro. Acercó la lámpara y leyó:

«¡Ay! –pensó Kasperle–. ¡Creo que va a estar cada vez más prohibido!»

Pero de nuevo se armó de valor y, cuando volvió a oír los quejidos, abrió la segunda puerta.

Por desgracia, no era la última. A los pocos pasos se encontró con una tercera puerta. También esta tenía un letrero grande, enmarcado en negro, que decía:

Kasperle sintió una opresión en el estómago. ¿Era por el miedo o se debía a que los pepinillos y la leche le habían sentado mal?

«¿Y si me doy la vuelta?», pensó.

Entonces, detrás de la tercera puerta, se oyó de nuevo:

—¡Uh-juju-juuuh!

El quejido sonó tan estremecedor y lastimoso que al bueno de Kasperle le llegó hasta lo más hondo. Olvidó el dolor de tripa y el miedo.

Un paso más. Luego agarró el picaporte y por fin, crujiendo y chirriando (pero chirriando de una manera tremenda), la puerta se abrió.

Y si las puertas chirrían, es que las cosas se ponen muy emocionantes.

El secreto del sapo

—¡Alto, quieto! ¡Ni un paso más!

Kasperle apenas había puesto el pie en el umbral de la puerta cuando lo recibió una voz espantosa, croando aquellas palabras. Si no se equivocaba, era la misma voz que antes sollozaba.

Él obedeció y se quedó quieto.

Bajo el reflejo de la lámpara vio que había ido a parar a un cuartito oscuro, abovedado. Sin embargo, ¡aquel recinto subterráneo no tenía suelo! A un palmo de las puntas de sus zapatos se abría una profunda sima, llena de agua negra.

Inconscientemente, Kasperle retrocedió un poco y apoyó la espalda en la jamba de la puerta.

—¿Hay alguien ahí? —preguntó. Su voz sonó ronca y hueca; apenas la reconocía.

Se oyó un chapoteo, seguido de un sonido gutural que salía de las profundidades.

–Sí, hay alguien aquí –croó la voz–. Si te tumbas en el suelo y miras hacia abajo, me verás.

Kasperle obedeció de nuevo.

Echado sobre el suelo, fue aproximándose poco a poco al abismo. Sujetaba la linterna con una mano tendida y miraba hacia abajo, más allá de la orilla.

–¿Dónde estás? No te veo.

–Aquí abajo, en el agua. Tienes que acercar más la lámpara.

Algo nadaba en el agua negra, algo con ojos saltones y una boca descomunal y deforme.

–¿Y? –croó la voz–. ¿Me ves ahora?

–Sí, ahora sí –dijo Kasperle.

–¿Y qué crees que soy?

–Si fueras un poco más pequeño, diría que un sapo. O una rana.

–Bueno, soy un sapo grande.

–Ajá –dijo Kasperle, y pensó: «Un sapo supergrande, diría yo...». Luego añadió en voz alta–: ¿Y qué haces ahí abajo?

–Esperar.

–¿El qué?

–Mi salvación. Tienes que saber que en realidad no soy ningún sapo. Soy...

–Eres... ¿qué? –preguntó Kasperle.

–No sé si puedo confiar en ti –croó el sapo que en realidad no lo era–. Te manda el Atenazador ese.

–No –dijo Kasperle–. Él no tiene ni idea de que estoy aquí. Ha ido a Buxtehude a visitar a un colega.

El sapo suspiró hondo.

–¿Es cierto eso? –preguntó.

–Lo es –dijo Kasperle–. ¡Pongo la mano en el fuego! ¡Y dime de una vez qué eres, si no eres un sapo!

–Antes era... un hada buena.

–¿Un hada?

–Sí, el hada Amarilis. Pero llevo siete años transformada en sapo, metida en esta charca. ¡Uh-jujujuuuh! El mago Atenazador me hechizó y me encerró aquí.

–¿Siete años? –dijo Kasperle–. ¡Qué horror! ¿Por qué hizo algo así?

–Porque es malo, ¡tremendamente malo! No me soporta porque a veces me he entrometido en sus hechizos. Yo era demasiado buena para él, y acabó engañándome y convirtiéndome en un sapo. Un... ¡Uh-juju-juuuh! ¡Un sapo!

El hada hechizada lloraba con amargura. Gruesas lágrimas corrían por su cara. A Kasperle le habría gustado consolarla porque le daba mucha pena. Pero ¿qué podía hacer?

–¿Te puedo ayudar? –preguntó.

–¡Sí puedes! –El sapo hipó, y luego se enjugó las lágrimas con una pata–. Bastaría con que me proporcionaras una hierba, la hierba feérica. Crece a unas horas de aquí, en los Campos Altos. Si me traes unas hojas y me tocas con ellas, seré libre. Esa hierba neutraliza todos los hechizos. ¿Irás a buscarla? ¿Por qué callas?

–Porque... –dijo Kasperle.

–¿Sí? ¿Por...?

–Porque no puedo salir de aquí. Yo también estoy prisionero en este castillo. Deja que te cuente...

Y Kasperle le contó al sapo su aventura de la noche anterior: cómo había intentado escapar y las tres veces que fracasó.

–Si pudieras decirme cómo salir de aquí –concluyó–, iría a buscar la hierba. Pero supongo que no puedes hacerlo.

–¿Cómo lo sabes? –croó el sapo–. Piensa: he sido un hada y estoy al corriente de las artes de la magia. No puedes salir del castillo porque el mago Atenazador ha levantado un círculo protector a su alrededor. Pero si dejas una prenda tuya en el castillo, algo que lleves directamente sobre el cuerpo, serás libre y podrás ir a donde quieras.

–¿De verdad? –preguntó Kasperle.

–¡Pruébalo! –croó el sapo–. Verás como no te miento. Lo mejor sería que dejaras tu camisa. Pero también sirve un calcetín, o el sombrero.

–¿También el sombrero? –preguntó Kasperle–. No es mío, me lo prestó mi amigo.

–Eso no importa. Funciona igual.

–En ese caso, sin duda dejaré el sombrero –dijo Kasperle–. No lo echaré en falta porque no me queda bien. Y ahora dime dónde puedo encontrar la hierba feérica y qué aspecto tiene, porque voy a ir a buscarla.

¡En marcha!
¡Hacia los Campos Altos!

Kasperle hizo que el sapo le explicara con toda precisión el camino hacia los Campos Altos.

–Cuando llegues a tu destino, siéntate debajo del viejo abeto que está aislado, junto a la laguna de aguas negras –le dijo–. Espera allí hasta que salga la luna: la hierba feérica solo se ve a su luz. Con el reflejo de la luz de la luna, la planta empieza a brillar y sus pequeños brotes plateados titilan bajo las raíces del abeto. Cuando hayas reunido un ramillete, todo estará bien. Atenazador ya no podrá hacerte ningún mal. Todo aquel que tiene la hierba feérica en las manos es completamente invisible para él.

–¿Tú crees que me buscará cuando regrese a casa y que se dará cuenta de que me he ido?

–Estoy segura de que sí. Por eso debes procurar hallar la hierba feérica cuanto antes. Así que vete, porque tienes un largo camino por delante. Te deseo todo lo mejor... ¡y mucha, mucha suerte!

Kasperle se levantó y movió la lámpara para despedirse del sapo que flotaba en la charca.

–¡Hasta la vista!

–¡Hasta la vista! Pero no olvides ir cerrando las puertas. Atenazador no debe saber que has hablado conmigo.

¡Claro, las puertas! Kasperle ya no se acordaba de ellas. Las fue cerrando a su paso y luego subió por la escalera del sótano. Después cerró también esa puerta. A continuación, sacó de la despensa del mago un pan y dos salchichones y se dispuso a marcharse.

Salió al huerto por la ventana del dormitorio. Una vez fuera, se quitó el sombrero. No le costó nada desprenderse de él. Lo dejó cerca de la valla, entre las matas de perejil.

¿Lo conseguiría esta vez? No estaba muy seguro. Pensó en la noche anterior y en las bofetadas que había recibido.

–Bueno, ¡voy a intentarlo! Lo peor que puede pasar es que no tenga suerte...

Pero esta vez todo fue bien: ninguna mano fantasmal lo agarró del cuello para tirar de él, ni recibió bofetada alguna. Al otro lado de la valla, se dejó caer en la hierba casi sin respiración.

–¡Uf! –exclamó–. ¡Quién iba a imaginar que un sombrero alpino pudiera servir para esto!

Pero ahora, ¡en marcha! ¡Hacia los Campos Altos!

Caminó una hora, dos horas, siguiendo siempre las indicaciones que le había dado el sapo. Primero por el bosque, luego por la carretera, después bordeando un arroyo hasta volver al bosque de nuevo. Ahí tenía que haber tres abedules, el del centro con el tronco hendido.

¡Justo, ahí estaban! Y, como había dicho el sapo, en ese lugar había un sendero que llevaba a la espesura. Kasperle no debía apartarse de él. Pero tardó otras dos horas en alcanzar los Campos Altos, y cuando llegó ya empezaba a anochecer.

Kasperle estaba contento de haber llegado por fin a su destino. Se sentó bajo el abeto, a la orilla de la laguna negra, se quitó zapatos y calcetines, dejó que sus piernas cansadas se balancearan en el agua y esperó a que saliera la luna. Para entretenerse, se comió el pan y los dos salchichones.

Trató de no pensar en el gran mago Petrosilio Atenazador, pero no lo consiguió. Cuanto más rato pasaba allí sentado esperando, más a disgusto se sentía. ¿Habría regresado ya Atenazador de Buxtehude? ¿Qué se le pasaría por la cabeza cuando descubriera que Kasperle había desaparecido?

–Querida luna –suspiró Kasperle–, ¿dónde te has metido? ¿Por qué no sales de una vez? Si Atenazador me encuentra antes de que pueda coger la hierba feérica, todo se irá al traste. ¿Me oyes, luna querida? ¡Tienes que salir!

Pero la luna necesitaba su tiempo. No había manera de que saliera, y Kasperle estaba que trinaba y no dejaba de pensar en Petrosilio Atenazador.

El dueño del sombrero

El gran y malvado mago Petrosilio Atenazador tenía un hambre de oso cuando entre las ocho y las ocho y media regresó de Buxtehude con su túnica mágica. Había sido un día largo, pero ya estaba en casa y podría ponerse las botas con la cena. Era de esperar que las patatas asadas ya estuvieran preparadas... ¡Y ojalá fueran suficientes!

De la torre, donde había aterrizado, el gran mago fue directo al comedor. Se sentó a la mesa, se anudó la servilleta al cuello, dio unas palmadas y dijo:

–¡Pepín, la cena!

Pasó un buen rato y ni rastro de Pepín.

–¡Pepín! –gritó Atenazador–. ¡La cena! ¿No oyes que te estoy llamando? ¿Dónde andas?

Tampoco esta vez hubo respuesta.

–¡Me vas a oír, dormilón! –lo riñó el gran mago–.
¿Quieres que vaya a espabilarte? ¡Mi paciencia tiene
un límite!

Chasqueó los dedos y apareció un látigo. Luego
corrió a la cocina y bramó:

–¡Vamos, Pepín del demonio! ¡Voy a azotarte hasta
que te pongas morado! ¿Cómo se permite estos des-
plantes un simple criado? ¡Hacer esperar al gran mago
Atenazador! ¡Sal, vago infame! ¡Vas a ver lo que es
bueno! ¡Te voy a moler a palos! El gran mago Atenazador estaba tan enojado que dio unos cuantos latigazos
a la mesa de la cocina. Y entonces se dio cuenta de
que aún había tres cubos de patatas sin pelar.

–¡¿Qué?! –gritó–. ¿Te has escaqueado de tu trabajo? ¡Rayos y truenos, que sea la última vez que te
permites esta insolencia! ¡Sal inmediatamente!

Pero ¿de qué sirvieron todos los gritos, las llamadas
y los latigazos a la mesa? ¡De nada! ¡Absolutamente
de nada! Entonces, el gran mago refunfuñó:

–Ah, ya sé, el chico se ha escondido. ¡Pero lo encontraré! Por todos los demonios, voy a encontrarlo...
¡Y entonces se enterará de lo que es bueno!

Petrosilio Atenazador chasqueó los dedos y el látigo se transformó en una antorcha encendida. Corrió
arriba y abajo por todo el castillo, iluminando con la antorcha cada rincón. Buscó en todas las salas y dor-
mitorios, bajó al sótano y subió al desván; no dejó

esquina ni hueco sin revisar, bajo los muebles, detrás de las cortinas... Pero, por mucho que buscó y buscó y rebuscó, no encontró nada de nada.

De pronto, al gran mago se le ocurrió algo. Salió corriendo al huerto, tan deprisa como le permitieron las piernas. En efecto, a unos pasos de la valla, en medio del parterre de matas de perejil, estaba el sombrero alpino.

—¡Sapos y culebras!

El gran mago Atenazador cerró los puños y escupió. Enseguida comprendió lo que había sucedido. El chico aquel, Pepín, por muy tonto que fuera, lo había conseguido: ¡se había escapado!

¿Cómo había averiguado la manera de hacerlo?

«¡Sea como sea, tengo que actuar! —pensó Petrosilio Atenazador—. El tipo se quedará atónito de lo rápido que lo traigo de vuelta. ¡Tengo su sombrero!»

Y es que tenéis que saber que Petrosilio Atenazador era capaz de hechizar y trasladar sin problemas a cualquier persona de la que tuviera una prenda de ropa.

—¡A la tarea! —dijo el gran mago lleno de rabia, y se deshizo de la antorcha.

Agarró el sombrero con las dos manos y corrió a su despacho. ¡Allí estaba la tiza mágica! Dibujó un círculo mágico en el suelo y lo cruzó con unas cuantas líneas... ¡La magia podía comenzar!

Petrosilio Atenazador colocó el sombrero en el centro del círculo mágico, justo donde se cruzaban las

líneas. Luego dio un paso atrás, levantó las manos y gesticuló en el aire. Con la mirada fija en el sombrero, atronó:

¡Que venga de una vez
el dueño del sombrero!
¡Una, dos y tres!
Sea cual sea su paradero,
él tiene que estar
donde está su sombrero.
¡Abracadabra...
y no se hable más!

En cuanto el gran mago Petrosilio Atenazador recitó el encantamiento, sonó un estallido inmenso. Una llamarada deslumbrante se elevó desde el suelo del despacho y, en el centro del círculo mágico, justo en el sitio donde se cruzaban las líneas, apareció... Pepín. El auténtico Pepín.

La persona a quien pertenecía el sombrero.

Sostenía con la mano izquierda una bota negra y con la derecha un cepillo para limpiar zapatos.

Todo había salido de perlas. Allí estaba «el dueño del sombrero».

Y resultaría difícil decir cuál de los dos tenía, en ese instante, más cara de tonto: si Pepín, el amigo de Kasperle, o el gran y malvado mago Petrosilio Atenazador.

Un hombre de palabra

Pepín estaba limpiándole la bota al bandido Saltodemata y de pronto se encontró frente al gran mago
Petrosilio Atenazador. ¿Cómo demonios había salido
de la guarida del bandido y se había plantado allí en
un abrir y cerrar de ojos? ¿Y adónde había ido a parar?
Pepín estaba tan alucinado como si se hubiera caído
de la luna.

Pero también Petrosilio Atenazador parecía consi-
derablemente perplejo. ¿Qué hacía aquel desconocido
en su círculo mágico? ¡Era imposible si había hecho
las cosas bien! Desde que experimentaba con las artes
mágicas –y llevaba ya cincuenta años haciéndolo–,
jamás le había ocurrido nada parecido.

–¿Quién demonios eres tú? –resopló el mago.

–¿Yo? –preguntó Pepín.

–¡Sí, tú! –bufó Atenazador–. ¿De dónde sales?

–No tengo ni idea de cómo he llegado hasta aquí. Pero soy Pepín.

–¿Pepín? ¡Eso no es cierto!

–¿Por qué? –preguntó Pepín.

–¿Por qué? –refunfuñó Petrosilio Atenazador–. ¡Porque Pepín es completamente distinto a ti! Lo conozco, era mi criado. Ese sombrero de ahí –señaló el sombrero de Pepín que reposaba en el suelo, en medio del círculo mágico–, ese sombrero es suyo.

–¿Ese sombrero? –preguntó Pepín. Y de pronto se le encendió una bombilla y tuvo que reírse.

–¡¿Te ríes?! –gritó el gran mago–. ¿Por qué te ríes?

–Porque acabo de entender a quién se refiere. ¡Está hablando de Kasperle! ¡Igual que el bandido Saltodemata! Él también nos confundió al uno con el otro.

Petrosilio Atenazador atendió a sus palabras. Dejó que Pepín le explicara cómo había cambiado su sombrero por el gorro de Kasperle. Y poco a poco comprendió lo sucedido. Entonces, Saltodemata le había vendido a Kasperle porque pensaba que era Pepín. ¡Menuda historia! Pero, de ser así, no era nada extraño que con la intervención del sombrero de Pepín hubiera conjurado al auténtico Pepín y no al falso.

–¡Buf! ¡Sapos y culebras!

El gran mago se subía por las paredes. ¡La que había liado el bandido Saltodemata! Pero aún había una forma de salir de aquel embrollo. Solo necesitaba el gorro de lana de Kasperle; de ese modo podría conjurarlo a él también.

Pero Pepín no debía sospechar de ninguna manera sus intenciones; por eso, Petrosilio Atenazador se valió de una triquiñuela.

—Si quieres convencerme de que tú eres el verdadero Pepín, ¡tendrás que darme una prueba! —exclamó.

—Por supuesto —dijo Pepín—. Dígame qué debo hacer.

—Bueno..., es muy sencillo. Dame el gorro de Kasperle.

—¿El gorro de Kasperle? No puedo.

—¿Por qué no?

—¡Porque el bandido Saltodemata lo quemó!

—¿Lo quemó? —preguntó Atenazador.

—Sí —dijo Pepín—. Lo tiró al fuego delante de mis ojos. ¡Por pura maldad!

—¿Por maldad? —El gran mago pegó tal puñetazo sobre la mesa que la hizo vibrar—. ¡Por tontería! ¡Por no pararse a pensar! ¡Ay, ese Saltodemata, ese maldito liante! ¡Es para subirse por las paredes!

Petrosilio Atenazador empezó a correr por su despacho, arriba y abajo, mientras echaba pestes por la boca. Luego se detuvo ante Pepín y preguntó:

—¿De quién es la bota que llevas en la mano? ¿De Saltodemata?

—Sí —respondió Pepín.

–Pues entonces dámela. ¡Dámela! ¡Me voy a encargar de ese pájaro de mal agüero ahora mismo!

Petrosilio Atenazador dibujó a toda prisa un nuevo círculo mágico. Justo en el sitio donde se cruzaban las líneas puso esta vez la bota del bandido Saltodemata. Levantó de nuevo los brazos y gesticuló en el aire, mientras gritaba con voz de trueno:

¡Que venga de una vez
el dueño de la bota!
¡Una, dos y tres!
Que aparezca ese idiota,
él tiene que estar
donde está su bota.
¡Abracadabra...
y no se hable más!

También esta vez el hechizo dio en el clavo. Sonó un estallido, se elevó una llamarada... y en el centro del círculo mágico apareció, como una planta crecida del suelo, el bandido Saltodemata. Llevaba su bata de andar por casa e iba en calcetines. Al principio puso cara de pasmado, pero enseguida empezó a reírse.

–¡Atenazador! –gritó–. Ja, ja, viejo guasón, ¡me gustas! ¡Esto ha sido digno del mejor de los magos! ¡Sacarme de mi guarida para que aparezca en tu despacho! Mira, ¡si también Kasperle está aquí! Ya me

estaba rompiendo la cabeza intentando averiguar
dónde se había metido...

–¡Cállate! –lo interrumpió el gran mago Petrosilio
Atenazador–. Para empezar, este es Pepín y no Kasperle. Y deja de reírte como un tonto si no quieres que
haga una locura.

–Pero, Atenazador, viejo amigo, ¿qué te ocurre?
–preguntó el bandido Saltodemata–. ¿Por qué estás
tan enfadado?

–¡Yo te diré lo que ocurre! El chico que me vendiste ayer se ha largado. ¡No era el tonto de Pepín, sino Kasperle!

–Vaya. No lo sabía –dijo Saltodemata–. ¡Pero tú eres un gran mago! ¿Por qué no haces un hechizo y lo traes de vuelta?

–Ya lo habría hecho hace rato si pudiera. ¡Pero no puedo!

–¿No? –preguntó Saltodemata.

–¡No! –dijo Petrosilio Atenazador–. ¿Y por qué no? ¡Porque tú quemaste el gorro de lana de Kasperle! ¡Es para volverse loco! ¡Oh, eres un pardillo, el mayor de los pardillos!

Saltodemata dio un respingo.

–¡Atenazador! –gritó–. ¡No voy a permitírtelo, esto ha llegado demasiado lejos! ¿Yo... un pardillo? ¡Vas a tener que retirar esa palabra!

–¿Ah, sí? –El gran mago rechinó los dientes y chasqueó los dedos para hacer que apareciera su varita mágica–. Si te digo que eres un pardillo, es que lo eres. ¡Soy un hombre de palabra! Abracadabra...

El mago recitó un maleficio y Saltodemata se transformó en un pardillo: un pardillo pequeño, que trinó temeroso mientras aleteaba y saltaba de una pata a otra.

–¡Esto no te lo esperabas! –se burló Atenazador–. Pero tranquilo, todavía no he terminado.

Chasqueó los dedos de nuevo y apareció una jaula.
Entonces agarró al pardillo y lo encerró dentro.

–Bueno, querido amigo, puedes quedarte ahí sentado, pensando qué será de ti. ¡Y ahora es tu turno, Pepín!

Pepín había asistido a la transformación del bandido Saltodemata dominado por los temblores y las palpitaciones. Cuando el mago se dirigió hacia él, se le cayó el alma a los pies. Seguro que Petrosilio Atenazador tenía intención de hechizarlo también...

Pero se equivocaba.

–¿Sabes pelar patatas? –preguntó el gran mago.

–Sí –respondió Pepín, sin saber adónde quería llegar con esa pregunta.

–Bien, en ese caso... ¡andando a la cocina! Mañana temprano, cuando regrese, quiero comer patatas asadas. Puedes colgar la jaula en la cocina para que Saltodemata te amenice la tarea con sus cantos. Cuando hayas pelado y cortado doce cubos de patatas, podrás irte a dormir; pero no antes.

–¿Y usted? –preguntó Pepín.

–Yo me voy a buscar a Kasperle con mi túnica mágica. ¡Ese tipo no se me puede escapar! Lo encontraré, como que soy el gran mago Petrosilio Atenazador... Y entonces se las verá conmigo.

El fin del mago Atenazador

A fin de ver mejor en la oscuridad, el gran mago Petrosilio Atenazador se puso sus gafas de noche. Luego subió a la torre del castillo, se montó sobre la túnica mágica y salió volando. Pero, por mucho que aguzara la vista, y por muy lejos que volara, no lograría encontrar a Kasperle.

Entretanto, la luna había salido ya en los Campos Altos. La hierba feérica brilló plateada bajo las raíces del viejo abeto y Kasperle cortó rápidamente unos cuantos brotes. Desde ese momento fue invisible para Petrosilio Atenazador, a quien de nada sirvieron las gafas que llevaba sobre la nariz.

Con la hierba feérica en la mano derecha, y esta en el bolsillo, Kasperle emprendió el camino de regreso.

En dos o tres ocasiones, Atenazador pasó volando justo por encima de él. Kasperle, asustado, encogió la cabeza y se agachó. El mago volaba tan bajo que Kasperle pudo sentir la corriente de aire. Pero, aun cuando no se hubiera agachado, Atenazador no habría podido verlo.

La hierba feérica no solo le hacía ser invisible. Desde que la llevaba en el bolsillo, ¡ya no estaba cansado! Sus piernas parecían moverse por sí solas, y al amanecer llegó sano y salvo al castillo.

La puerta estaba cerrada. Kasperle la tocó con la hierba y la puerta se abrió ante él. Pudo entrar sin problemas, pero en ese instante oyó un zumbido tremendo por encima de su cabeza. Cuando miró hacia arriba, vio que Atenazador acababa de aterrizar en la torre. ¡Ojalá no sospechara nada!

Sin embargo, al gran y malvado mago Petrosilio Atenazador no le había pasado inadvertido que apenas unos segundos antes la puerta de su castillo se había abierto y se había vuelto a cerrar.

–¡Oh! –dijo–. Por todos los demonios con rabo, ¿qué significa esto? ¡Alguien a quien no puedo ver ha logrado entrar en mi castillo! Pero ¿de quién se trata? Y por Satán reencarnado y por su abuela, ¿cómo lo ha conseguido?

Petrosilio Atenazador chasqueó los dedos para que apareciera su varita mágica.

–¡Sea quien sea, voy a encontrarlo y a castigarlo por su espantosa indiscreción! –gritó enfadado–. Rayos y truenos, sapos y culebras, ¡lo juro!

Bajando los peldaños de la escalera de caracol de tres en tres, llegó a la planta baja. Mientras, Kasperle ya estaba en el sótano y corría por el oscuro corredor hacia la charca del sapo. En esa ocasión no llevaba consigo ninguna luz, pero como sujetaba la hierba feérica en su mano derecha, no le hacía falta: veía en la oscuridad como si fuera un gato.

La primera puerta... La segunda...

... Y la tercera.

–¡Aquí estoy, la tengo! ¡Dime lo que debo hacer!

–¡Dame la mano y ayúdame a subir!

Kasperle se tumbó en el suelo y le tendió al sapo la mano derecha, la que sujetaba la hierba feérica.

–No, ¡la otra! –croó el sapo–. Tienes que ayudarme a salir del agua.

Fuera, en la entrada del sótano, resonó la voz potente y enojada del mago Atenazador. Al reparar en que la puerta del sótano estaba abierta, tuvo una terrible sospecha. Maldiciendo y renegando, comenzó a bajar las escaleras. Enseguida estaría allí.

–¡Date prisa! –gritó el sapo.

Kasperle lo agarró con la mano izquierda y lo puso a su lado en el suelo. Atenazador estaba cada vez más cerca. Rugía y bramaba, y el eco de su voz se iba multiplicando por el recinto abovedado.

–¡Rápido! –gritó el sapo–. ¡Tócame con la hierba feérica!

Kasperle obedeció.

En ese mismo momento, el gran y malvado mago Petrosilio Atenazador apareció por la última puerta. De pronto, sin embargo, se detuvo y se quedó mudo.

Y cuando los grandes magos se detienen y se quedan mudos, es que algo muy gordo...

Kasperle también se asustó, pero no a causa del aspecto del malvado mago. Se asustó por la luz que de repente inundó el sótano. Cegado, tuvo que cerrar los ojos. Cuando volvió a abrirlos, vio que a su lado había una hermosa mujer.

Brillaba como el sol. Todo en ella –la cara y las manos, el pelo y el vestido largo y dorado– era tan hermoso que resultaba indescriptible.

«¡Oh! –pensó Kasperle–. Creo que me quedaré ciego si sigo mirándola.»

Pero ¿retirar la vista? No, tampoco podía. Por eso, por precaución, miró con un solo ojo y cerró el otro.

Petrosilio Atenazador se había quedado pegado a la pared, como si le hubiera alcanzado un rayo. Estaba blanco como la cera, le flaqueaban las rodillas, gruesas gotas de sudor surcaban su frente. Trató de hablar, pero no fue capaz. Estaba tan perplejo que hasta la varita se le resbaló de la mano...

Y cayó al suelo. El hada Amarilis le dio una patadita con la punta del pie. La varita rodó y se hundió con un chof en la charca.

Petrosilio Atenazador se recobró por fin.

—¡Vete al diablo! —gritó.

A continuación dio un salto con la intención de agarrar la varita. ¡Pero era demasiado tarde! Sus dedos se cerraron en el aire, trastabilló, se resbaló y, antes de que el hada Amarilis y Kasperle pudieran socorrerlo, cayó a las profundidades. ¡Un último grito espantoso! Después, el abismo se lo tragó y las oscuras aguas de la charca se cerraron sobre él, borboteando.

La dama es un hada

Pepín se pasó media noche pelando patatas y le costó un triunfo no dormirse. Fue el miedo que le producía el gran mago Atenazador lo que lo mantuvo despierto. Solo cuando la última patata estuvo pelada y cortada, se venció sin más hacia delante y por fin se durmió.

Se había quedado dormido con la cabeza sobre el canto de la mesa, pero siguió trabajando en sueños:

Ante él había una montaña enorme de patatas; pelaba y pelaba y no lograba terminar; la montaña no bajaba, al contrario: era cada vez más ancha y más alta; finalmente, apareció Atenazador en la cocina; cuando vio que el pobre Pepín seguía pelando, empezó a reñirlo, gritaba y maldecía tan alto que Pepín se cayó del taburete... y se despertó.

Estaba sentado en el suelo de la cocina. Se frotó los ojos. Vio que se había hecho de día y comprendió que lo había soñado todo. Lo que no había soñado, sin embargo, eran los gritos y las terribles maldiciones de Atenazador. ¡Eso era cierto! Todo el castillo retumbaba con sus berridos.

El pardillo también se había despertado en su jaula. Aleteaba y trinaba de lo lindo.

—¡Cierra el pico! —gritó Pepín.

Se acercó a la puerta para escuchar. ¿Qué le habría ocurrido al gran mago para armar tal escándalo?

Sin embargo, Atenazador enmudeció de golpe. Durante un rato, fuera todo quedó en silencio. Un silencio sepulcral. Pero entonces volvió a sonar la voz del gran mago: parecía muy enfadado, aunque le duró poco.

«¿Qué le pasará?», pensó Pepín.

Asió el pomo de la puerta, abrió, salió al pasillo. No se veía a nadie, ni se oía nada...

¡Un momento! Había una luz en las escaleras del sótano y se oían pasos. Alguien subía. Pero no era el gran mago Petrosilio Atenazador. Era... ¡Kasperle!

Pepín soltó un alarido. Luego corrió con los brazos abiertos hacia Kasperle.

—¡Kasperle!

Era tal su alegría que lo habría estrujado hasta hacerlo puré.

—¡Pepín! —gritó Kasperle—. ¡Creía que estabas en la guarida del bandido! ¿Qué haces aquí?

–¿Yo? –dijo Pepín–. He estado pelando patatas, ahora estoy más contento que unas pascuas. Pero dime...

En ese momento, Pepín vio al hada Amarilis. Había subido las escaleras detrás de Kasperle, y Pepín se quedó con la boca abierta y los ojos como platos cuando la descubrió.

–¿Quién es esa dama? –le preguntó a su amigo.

–La dama es un hada –dijo Kasperle–. El hada Amarilis.

–Qué nombre tan bonito, ¡le pega mucho!

–¿Tú crees? –dijo el hada Amarilis sonriendo–. Pero ¿quién eres tú?

–¿Este? –dijo Kasperle, porque Pepín estaba tan absorto que no encontraba el momento de responder–. Es mi amigo Pepín. El mejor amigo del mundo. Pero no tengo ni idea de cómo ha llegado hasta aquí, tendrá que contármelo. ¡Dispara, Pepín! Venga...

El hada Amarilis se adelantó a Pepín:

–Te lo puede contar fuera –dijo–. Venid conmigo al aire libre. Ahora que Atenazador está muerto, su castillo no puede mantenerse en pie por mucho tiempo. Voy a...

–... a ¿qué? –preguntó Kasperle.

–Enseguida lo veréis.

El hada Amarilis tomó a Pepín de una mano y a Kasperle de la otra. Quería sacar de allí a los dos amigos. Pero Pepín se soltó.

–¡Un momento! Tengo que ir a buscar algo...

Corrió a la cocina y sacó la jaula del pájaro.

–¿Y eso? –dijo Kasperle cuando Pepín volvió junto a ellos–. ¿Un pajarillo?

–Sí –dijo Pepín sonriendo–. Un pardillo, pero uno muy especial.

A continuación, los dos amigos siguieron al hada Amarilis hasta la puerta del castillo. Una vez fuera, el hada les indicó que continuaran caminando hasta la linde del bosque. Pero ella se quedó atrás y, cuando Kasperle y Pepín llegaron al lugar indicado, se giró hacia el castillo y alzó una mano. Al hacerlo, el edificio gris se derrumbó sin emitir un solo ruido. Del castillo de Atenazador no quedó ni rastro, más allá del montón de tejas y ladrillos rotos que sepultaron la charca.

Acto seguido, el hada Amarilis hizo que creciera un seto de espinos alrededor del montón de escombros. Después le dio la espalda y se acercó a los dos amigos. No caminaba: flotaba. Y allá por donde pasaba se tendían el follaje y la hierba.

–Te lo agradezco mucho, Kasperle –dijo–. Puedes estar seguro de que nunca olvidaré lo que has hecho por mí.

El hada se quitó un fino anillo de oro del dedo.

–Toma este anillo y quédatelo –dijo–. Debes saber que es un anillo que concede deseos. Puedes pedir tres. Los que quieras. Cuando lo hagas, dale una

vuelta, y entonces se cumplirán.
¡Y ahora dame la mano, Kasperle!

Kasperle dejó que el hada
le pusiera el anillo, y luego le
dio las gracias. Pero Amarilis
replicó que si alguien tenía
que dar las gracias era ella.

—Regresaré a mi hogar, en el
Reino de las Hadas —añadió—.
Así que adiós a los dos, que
os vaya bien en el camino de
vuelta. Os deseo suerte, salud y buen ánimo. ¡Hoy,
mañana y siempre!

Y dicho esto, se marchó flotando. Kasperle y Pepín se despidieron de ella agitando sus pañuelos. Mientras el hada flotaba, se iba volviendo cada vez más clara y vaporosa, hasta que se desvaneció del todo y desapareció.

El anillo de los deseos

Pasó un buen rato hasta que Kasperle y Pepín se vieron con fuerzas para hablar; entonces comenzaron a hacerlo los dos a la vez. Estuvieron hablando en voz alta bastante tiempo, quitándose la palabra uno a otro: Kasperle a Pepín y Pepín a Kasperle. Cada uno contaba lo que le había ocurrido sin escuchar lo que decía el otro. La confusión era tanta que, de pronto, Kasperle mandó callar a Pepín:

–Para, para –dijo–. Así no hay manera. ¡Que hable uno cada vez!

–Bien –dijo Pepín–. Echaremos a suertes quién empieza. Ya sé: contemos los botones de nuestras camisas. ¿De acuerdo?

Los dos empezaron a contar sus botones respectivos a la vez: «Yo, tú, yo...».

Pero quiso la casualidad que ambos tuvieran cinco botones en la camisa.

–¡Yo! –dijo Pepín al llegar al quinto botón, y empezó a parlotear de nuevo.

Pero también Kasperle había dicho «¡Yo!» al llegar a su quinto botón, y otra vez estaban los dos quitándose la palabra.

–¿Sabes una cosa? –dijo Pepín al darse cuenta de que la cosa no funcionaba–. Tenemos que hacerlo de otra manera. Probemos con una retahíla. ¡Verás como así sale bien!

Con expresión seria, escupió tres veces en su dedo índice. Luego, señalando alternativamente el pecho de su amigo y el suyo, contó:

Pinto, pinto, gorgorito.
¿Dónde vas tú tan bonito?
A la era verdadera.
Pim, pam, pum, ¡fuera!

El dedo señaló a Kasperle. Ya estaba todo claro.

–Pues atiende, Pepín...

Kasperle contó su aventura con todo lujo de detalles. Sus palabras se derramaban como si fueran una catarata.

De tanto escuchar, a Pepín las orejas se le pusieron rojas. Empezó a sudar. Casi no podía ni respirar de los nervios que tenía. Cuando Kasperle le habló del triste final de Atenazador, se llevó las manos a la cabeza.

–¡Madre mía, Kasperle! –dijo–. ¡Tendría que habérmelo figurado!

–¿Por qué? –preguntó Kasperle.

–¡Porque entonces no me habría estado media noche pelando patatas para él!

Luego llegó el turno de Pepín. Le contó a Kasperle lo mal que lo había pasado en la guarida del bandido y que Saltodemata había quemado su gorro de lana.

–¿Qué? ¿Mi gorro tan bonito? –exclamó Kasperle indignado–. ¡Hasta ahí podíamos llegar! El bandido Saltodemata tiene que acabar encerrado bajo siete llaves, el muy bribón.

Pepín creyó que ese era el momento oportuno.

–Consuélate –dijo con mucha calma–. Ya lo está.

–¿Ya lo está? ¿Entre rejas? –preguntó Kasperle.

–Sí, Kasperle. Es el pardillo de la jaula... ¿Te sorprende? Déjame que te cuente cómo llegó allí...

Pepín continuó con su historia. Cuando terminó, también Kasperle sudaba.

–¡Qué suerte que todo haya acabado bien! –dijo–. ¿Y ahora qué?

–Habrá que llevar al pardillo al sargento Matamicrobios... Y luego, ¡a casa!

Pepín agarró contento la jaula, dispuesto a ponerse en marcha. Pero Kasperle se quedó quieto, sin moverse del sitio.

–Un momento. ¡Antes necesito un gorro de lana nuevo! –explicó.

–¿De dónde lo vas a sacar?

–Tenemos un anillo de los deseos. ¡No lo olvides!

Kasperle le dio la vuelta al anillo y dijo:

–Deseo un gorro de lana nuevo... ¡Igual que el que tenía antes!

En cuanto lo dijo, el deseo se cumplió: un-dos-tres, y el nuevo gorro estaba en la cabeza de Kasperle. Se parecía al anterior como un huevo a otro.

Aquí se ve lo útil que resulta entenderse con las hadas

–¡Genial! –dijo Pepín–. Si no hubiera visto con mis propios ojos cómo Saltodemata tiraba tu viejo gorro al fuego, ¡jamás creería que este es nuevo! Pero vámonos de una vez.

–Sí –dijo Kasperle–. Vamos.

Agarraron la jaula entre los dos y, cantando y silbando, emprendieron el regreso a casa.

–¡Estoy contento! –dijo Kasperle un rato después.

–¡Yo también! –dijo Pepín–. ¡Y la abuela también se pondrá contenta!

–¿La abuela? –Kasperle se paró de golpe–. ¡Ay, madre mía, Pepín!

–¿Qué te pasa? ¿Por qué no sigues caminando?

–¡Acabo de darme cuenta de una cosa! ¡Casi nos olvidamos de lo más importante!

–¿Lo más importante?

–Sí –respondió Kasperle–. ¡El molinillo de la abuela!

–¡Ay! –se lamentó Pepín, llevándose una mano a la cabeza–. ¡Tienes razón, Kasperle! Hay que devolverle el molinillo a la abuela, todo lo demás no sirve de nada. Así que media vuelta... Vayamos a la guarida del bandido.

–¿Para qué? –dijo Kasperle–. ¡Hay una forma más sencilla!

Entonces le dio la vuelta al anillo por segunda vez y dijo:

–¡Deseo que aparezca el molinillo de la abuela!

Sonó un pum... y ya estaba a sus pies, en la hierba.

–¡Tremendo! –dijo Pepín–. ¡Ha sido visto y no visto! ¿Funcionará sin problemas?

Recogió el molinillo y lo probó.

Iba bien: en cuanto se giraba la manivela, sonaba la canción «Mayo renueva la Tierra». Pero, ¡oh, maravilla! Lo hacía a dos voces.

–¡A dos voces! –se sorprendió Pepín–. ¡Qué bonito! A la abuela le encantará escucharlo... ¿Cómo
puede ser? ¿Te lo explicas?

A Kasperle también le pareció muy curioso.

–¿Será cosa del hada Amarilis? –sugirió.

–¡Claro! –dijo Pepín–. ¡Naturalmente! ¡Ha querido darnos una alegría, a nosotros y a la abuela! Pero
¿qué vamos a hacer con el tercer deseo?

–¿No te lo imaginas? –replicó Kasperle–. ¡Yo ya
lo sé!

El gran día del sargento Matamicrobios

La abuela estaba muy preocupada. No podía comprender dónde se habían metido Kasperle y Pepín durante tanto tiempo.

El día anterior había ido tres veces a la Policía para hablar con el sargento Matamicrobios. Y esa mañana lo intentó de nuevo. ¡Ojalá tuviera pronto alguna buena noticia!

–¿Ha podido averiguar algo de Kasperle y Pepín, señor sargento? –preguntó.

–Por desgracia, no –dijo el sargento Matamicrobios, que estaba sentado detrás de su mesa, desayunando.

–¿No? –preguntó la abuela, y se echó a llorar.

–No –repitió el sargento–. Siento no poder decirle otra cosa, abuela. No hay ni rastro de ninguno de ellos.

–¿Ni rastro?

El sargento se encogió de hombros.

–Lo único que hemos encontrado es ese carro de mano que está en el rincón. ¿Lo identifica?

–Sí –sollozó la abuela–. Kasperle y Pepín se fueron con él anteayer, de buena mañana. ¿Dónde lo han encontrado?

–Estaba tirado al revés en la linde del bosque, en plena cuneta. Lo hemos traído para resguardarlo del frío.

–¿Y ahora? –preguntó la abuela.

–Eso... ¿Y ahora? –rezongó el sargento Matamicrobios.

Frunció el ceño y se puso a pensar. De repente, pegó un golpe con la palma de la mano sobre la superficie de la mesa. El plato del desayuno tembló.

–¡Abuela! –gritó–. ¡Se me ha ocurrido una idea! ¿Sabe qué vamos a hacer? ¡Haremos que el alguacil vocee la desaparición de los dos!

–¿Cree usted que eso servirá de algo?

–Tendremos que esperar para saberlo. En todo caso, no perdemos nada.

El sargento Matamicrobios apartó el desayuno. Sacó un papel oficial del cajón de la mesa, humedeció la pluma en el tintero y empezó a escribir.

Bando público

Se busca a Kasperle y a Pepín.
Señas particulares:
gorro de lana rojo y sombrero alpino verde.

———

Aquellas personas que estén en situación
de proporcionar informaciones veraces,
deben acudir de inmediato, bajo

requerimiento policial,

a esta comisaría. Las declaraciones
se mantendrán bajo la más estricta
confidencialidad.

–Bueno... –dijo contento el sargento Matamicrobios–. Ya solo falta la firma...

Se disponía a escribir, como siempre con muchas prisas, su nombre debajo del texto, pero entonces se le escapó un borrón. Y, justo en ese instante, se abrió la puerta y Kasperle y Pepín entraron con precipitación en el cuarto.

–¡Ay! –exclamó la abuela, y poco faltó para que se desmayara de nuevo, esta vez de alegría.

–¡Buenos días! –dijeron Kasperle y Pepín–. Somos nosotros.

La abuela los abrazó con fuerza mientras reía y lloraba a la vez.

–¡Estáis aquí de nuevo! ¡Tenía un miedo atroz! Pero ¿sois vosotros de verdad? ¡No me lo puedo creer! ¿Qué me dice de esta sorpresa, sargento Matamicrobios?

El sargento Matamicrobios se había levantado y ponía cara de circunstancias.

–Tengo que decir que ¡hasta aquí hemos llegado! ¡He empleado un papel oficial para nada! ¿No podríais haber venido un poquito antes?

–Por desgracia, no ha sido posible, señor sargento –dijo Kasperle–. Pero le hemos traído algo que le va a alegrar...

–¿Ah, sí? –preguntó el sargento Matamicrobios.

–Pues sí... –dijo Kasperle–. ¡El bandido Saltodemata!

–¡Atiza! –exclamó el sargento sorprendido–. ¿Y dónde está?

–¡Aquí! –respondió Kasperle.

Se acercó a la mesa y puso la jaula encima. Pero el sargento Matamicrobios sufrió un ataque de ira.

—¡¿Qué?! —gritó—. ¿Cómo? ¿Por quién me tomas? ¿Crees que voy a permitírtelo? ¡Soy un funcionario! Gasta tus bromitas a quien quieras, ¡pero no a mí! ¡El que se burla de mí termina en la cárcel!

—Calma, calma, señor sargento —dijo Kasperle mientras le daba la vuelta al anillo de los deseos—. ¡Deseo que el pardillo de la jaula se transforme de nuevo en el bandido Saltodemata!

Al momento, el tercer deseo se cumplió también. Donde había estado el pardillo, ahora estaba el bandido. Justo en medio de la mesa del sargento Matamicrobios. Con su bata de casa y en calcetines, y con la jaula encajada en la cabeza hasta los hombros.

—¡Eh, oiga! —lo riñó el sargento Matamicrobios—. ¡Bájese de mi mesa! ¡Cómo se le ocurre subirse ahí! ¿De dónde ha salido? ¿Quién es usted?

—Pero... ¡señor sargento! —dijo Kasperle—. ¡Si es el bandido Saltodemata! ¿No quiere detenerlo?

El sargento Matamicrobios no entendía nada.

—¿El bandido Saltodemata? ¡¿Este?! —gritó—. ¡Tonterías! ¡Un bandido en calcetines!

—¡Pues sí! —dijo la abuela—. Lo reconozco, ¡es él! Tiene que...

Pero el bandido Saltodemata la interrumpió con un grito salvaje.

—¡Apártense de mi camino! —Y acto seguido saltó de la mesa, pasó por delante del sargento y corrió hasta la ventana. Se abalanzó contra el cristal, a la desesperada. ¡Pretendía salir huyendo!

Pero Pepín lo agarró por los pies y Kasperle, que no le iba a la zaga, bajó las persianas metálicas. ¡Rasss! El bandido Saltodemata se quedó atascado. Se sacudía como un pez fuera del agua.

–Atento, Pepín. ¡Que no monte numeritos! –dijo
Kasperle, y a continuación salió corriendo al jardín
con el sargento Matamicrobios.

Saltodemata colgaba cabeza abajo. Y braceaba
como si estuviera en una escuela de natación.

–¡Socorro! ¡Me estoy quedando sin respiración, no puedo más! –jadeaba–. ¿Cuánto tiempo tengo que pasar aquí colgado?

–Depende –dijo Kasperle–. Si te portas bien, todo terminará en un visto y no visto.

–De acuerdo –gimió Saltodemata, dándose cuenta de que no había nada que hacer, y dejó que el sargento Matamicrobios le atara las manos a la espalda con una cuerda sin decir esta boca es mía.

Luego, Pepín subió un poco las persianas y el sargento Matamicrobios y Kasperle tiraron del bandido Saltodemata. El viejo tunante se desplomó como un saco de patatas sobre el jardín.

–Bueno –murmuró contento el sargento Matamicrobios–, ¡ya te tenemos! Pero ahora vamos, ¡que no me fío ni un pelo!

El bandido Saltodemata se levantó, obediente.

–¿Me puede quitar la jaula de la cabeza? –preguntó.

–¡No! –respondió el sargento Matamicrobios–. La jaula se queda donde está.

Después desenfundó su sable reluciente. Pero, antes de desfilar con Saltodemata, volvió a agradecer su ayuda tanto a Kasperle como a Pepín.

–Voy a ocuparme de que mañana mismo el alcalde os conceda una gratificación –concluyó el sargento Matamicrobios–. Y me tendréis que explicar cómo ha sucedido todo. Por supuesto, deberé tomaros declaración, ¿entendido? Hasta entonces..., ¡adiós!

El sargento Matamicrobios dio tres vueltas por toda la ciudad con el bandido Saltodemata maniatado. Las gentes salían corriendo de sus casas y se quedaban atónitas. Se alegraban mucho de que por fin hubieran atrapado al bandido.

–¿Qué va a ser de él ahora? –querían saber.

–Para empezar, va a pasar una buena temporada en el calabozo.

–¿Y luego?

–Luego se le juzgará.

Café y tarta

Kasperle y Pepín se encontraban en el cuarto de estar de la abuela con los ojos iluminados de alegría. ¡Qué bien estar en casa otra vez! ¡No se podían creer que solo hubieran pasado tres días desde que comieron juntos allí!

La abuela también era feliz. Puso la mesa a toda prisa, luego fue corriendo a la despensa y trajo una bandeja con tarta de ciruelas. Y también colocó un bol de nata sobre la mesa.

–Pero, abuela –se sorprendió Kasperle–, ¿hoy es domingo?

–¡Por supuesto! –dijo la abuela–. ¡En esta casa hoy es domingo, aunque en las otras sea miércoles!

Se acercó al espejo y se colocó bien la cofia. Luego corrió hacia la puerta.

–¿Sales? –preguntó Kasperle.

–Solo un momento, a casa de la vecina. Necesito que me preste su molinillo. Sin molinillo no puedo...

–No, sin molinillo no se puede... –dijo Kasperle, sonriendo–. ¡Todo tuyo!

Y se sacó el molinillo de debajo del chaleco y lo puso sobre la mesa, deseando oír lo que diría la abuela.

Al principio, la abuela no dijo nada. Luego tomó el molinillo y empezó a darle vueltas a la manivela. Y sonó «Mayo renueva la Tierra» a dos voces.

Kasperle y Pepín permanecieron callados como muertos.

–¡Oh! –dijo la abuela por fin–. ¡Qué bonito! ¿Sabéis cómo me siento?

–No. ¿Cómo?

–Como si celebrara mi cumpleaños... ¡y además fuera Navidad! Bueno, voy a preparar café.

La abuela hizo el café más fuerte de su vida. Cuando la cafetera estuvo sobre la mesa y hubo servido todas las tazas, llegó el momento de que Kasperle y Pepín contaran lo sucedido.

–¡Espeluznante! –decía la abuela, moviendo la cabeza una y otra vez–. ¡Espeluznante!

Mientras, tomaba de vez en cuando un sorbito de café. Kasperle y Pepín comieron tarta de ciruelas con nata hasta que les dolió la barriga, y ambos se sentían tan dichosos que no se habrían intercambiado con nadie. Ni siquiera con el emperador de Constantinopla.

Si queréis saber cómo se titulan los capítulos del libro y en qué páginas podéis encontrarlos, dadle la vuelta a la hoja.

Índice

El hombre de los siete cuchillos 7

A la Policía se le puede ayudar 12

¡Atención, oro! 18

La mala pata de un artista 23

¡Lo importante es disfrazarse bien! 29

Un tiro de pimienta 34

Malas perspectivas 38

Petrosilio Atenazador 43

Una aventura nocturna 51

No se puede ser más tonto 57

¡Pobre Pepín! 62

Tres puertas en el sótano 67

El secreto del sapo 73

¡En marcha! ¡Hacia los Campos Altos! 78

El dueño del sombrero 82

Un hombre de palabra 87

El fin del mago Atenazador 94

La dama es un hada 100

El anillo de los deseos 106

El gran día del sargento Matamicrobios 113

Café y tarta 122